博客思出版社

渡

露西 著

目次

contents

第一章

不遠千里

一列東行的火車似喘著粗氣的黃牛，耕犁在夏季午後的曠野上。

這是一條橫貫東西的鐵道線。

梅子坐在靠窗的位置上，車廂內有些嘈雜，有些擁擠，甚至有些渾濁的氣味。周圍搖晃的人影是灰白藍組合的色彩和畫面，只有對面的一個大男孩手上捧著的書最醒目，紅色，精緻的塑膠裝幀。這是紅寶書，她一眼就認出來了，因為她的家裡就有大小不一的好幾個版本。

她看了看車廂內，又靜靜地、眼睛一眨不眨地望向窗外。她喜歡看一排排的樹木從眼前飛速掠過，她剛從物理老師那裡學到了參照物這個新概念。物理學太抽象，什麼物體的密度和體積，似乎那是些風馬牛和她不相及的東西，她上了一年的物理課，只對參照物產生濃厚的興趣。她在想，在那些從眼前飛掠而過的景物那裡，自己是不是它們的參照物？

她這是去龍城一個遠親家，和從香港過來的奶奶會面。香港對於她來說是老師用殖民地，用彈丸之地的詞彙來為她砌出的遍佈蒼桑的地方。而奶奶帶給她的香港不同，是香甜可口的味道，更是一個神秘旋轉著的夢幻。

她從九歲開始就這樣單獨乘火車出遠門，小小年紀，已經連續四個暑假有了四次隨火車穿山過嶺的經驗。在繼母那裡，她做不了嬌嬌女，不是沒有撒嬌的能力，而是繼母從來不給她撒嬌的機會。她屈從於繼母的威嚴。自從有了繼母，父親似乎也開始吝嗇起對她的寵愛了，父親的笑容更多時候朝向了繼母。出門時，父親對她說：「好在這列火車的終點站就是目的地，少了中途下錯車的擔憂。」並再三叮囑她，不要隨便和陌生人搭訕。

她知道有些話是不能隨便說的，上次回去後，就因為經不起鄰居阿姨的再三追問，忍不住說出了繼母要她不能隨便說給別人聽的話，結果這些話像長了翅膀，飛進繼母耳膜裡去了。她被繼母摁在家中的牆壁上，接受著惡狠狠地訓斥：再三告訴過你，不要在別人那裡提起你的奶奶在香港，不要連累全家，明白嗎？她不知道自己說錯了什麼，卻無端端地招來了一頓責罵，她委屈地哭了。成年人的交往似乎都是交頭接耳式的，顯得有些陰陽怪氣，她只不過有話直說了而已。

她無法明白的東西有很多，既然認為奶奶不好，為什麼要她去奶奶那裡取東西？為什麼那些東西繼母沒有一樣不喜歡？

「再擠一擠。」三個人的座位已經坐了四個人，但仍有人希望入座。她側頭看見一個面色蒼白的女子，整張臉被汗水浸濕，看得出她的身體在發出不適的信號。即使根本騰不出空位了，但她還是讓身體再往裡挪動了一下。她覺得快要擠乾身上的水份了。

只是，哪怕一雙腳在擁擠中一直曲著，都影響不了她喜悅的心情。一想到快要見到奶奶了，快要吃到奶奶為她準備的各種美食了，一路的疲倦，就不翼而飛，就不怎麼能夠和她沾邊。

「讓開，聽到了嗎？」突然冒起的一個聲音，其分貝蓋過了車廂內的嘈雜聲。有乘警不能正常執行公務，過道上填滿了橫七豎八的乘客，連插腳的空隙都沒有。有席地而坐的乘客，發出尖刻的頂撞。

浮躁，佔據著快令人窒息的空間。

梅子看見情緒激動的年輕乘警揚起手時，正好無意中觸及她的目光。不知是不是她的目光清澈如水，瞬間澆熄了那乘警公務壓身的煩躁，又或是他不想讓一個壞印象被一個小女孩的記憶攝走，只見那乘警氣惱地嘆了一口氣，繼而放下了手，然後用跳芭蕾舞的姿式從梅子的眼前踮著腳尖走了過去。

這是長途旅程，疲勞一覽無遺地展現在每位乘客身上。那蕩漾在人們臉上的生氣，慢慢被從窗外潛入的暮色浸沒了，車廂內的許多人身體東倒西歪地在打瞌睡。

有些人把自己的不安份塞入別人的座位底下，尊嚴鋪地般進入睡眠狀態。

迷迷糊糊中，梅子發現有人用兩根手指在翻動著睡眠中人們的衣襟。賊膽之大，令她錯愕地張大了眼睛。這賊看上去一張青春的面孔，文文弱弱的樣子，只是和人對視時雙眼會迸射出兩道兇光。那些沒睡的人們個個不敢聲張，視若無睹般只是壓緊自已的衣袋。

那賊正想走近她時，對面的那個大男孩抬頭去怒視那賊眼，手臂上的肌肉似乎在鼓動。因為他微陷的眼窩，英挺的鼻樑，五官看上去錯落有致，讓人很容易記得。大男孩穿了一件快洗爛了的白色短袖，左邊上衣口袋裡插著一支黑色墨水鋼筆，衣袋上浸出點點藍色墨汁。裡面的藍色汗衫胸前露出兩個一分錢鎳幣大小的洞口，上面還有隱隱約約的數字：11。之前在他和其他人的對話中，她聽出他是去見生活在異地的父母。一路上，他更多的時候手捧著一本紅寶書發呆，不知他在背誦還是在思考。

見那賊依舊肆意，那大男孩便伸手抓著那賊的手腕狠狠握了握，然後猛地一甩手鬆開。那賊咧著嘴啊了一聲，轉身悻悻然地和他的同伙迅疾離去。

這種雷電般閃現的一幕把梅子看呆了。她忍不住帶著讚賞的眼神又去看了看那個大男孩。說他是大男孩，因為在梅子眼中，十八歲的年紀就已經很大很大了，他看上去起碼有二十歲吧？他眉眼俊朗，前額旋捲出一綹很好看的頭髮，似乎在左前額打出一個問號。

大男孩目送賊走後，神情自若地又繼續捧著手上的紅色語錄。

過了一會兒，隨著叭嚓一聲瓶蓋落在桌檯上的聲響，梅子聞到了淡淡的水果的甜香味。她的嗅覺對來自食物的味道很靈敏，或是因為餓了的原因。對面的大男孩正在打開橘子玻璃罐頭。

她確實感到有些餓，繼母準備的五個花卷，兩個雞蛋，及一袋餅乾，根本不能填飽她三天兩夜路途中的胃口。她還想喝水，但軍用水壺裡已在叮咚作響，沒有多少水了，她下意識地舔了舔自己有些乾裂的嘴唇。

那大男孩去掏褲兜裡的手帕擦手時，帶出一枚兩分錢硬幣滾落在地上。她看見了，向他用手指了指他的腳下。他對她笑了笑，把兩分錢拾了起來。梅子知道，兩分錢可以買到一隻不帶橡皮的鉛筆。

大男孩看了看她，用手指指罐頭，又指指她，似乎在問她：吃嗎？

她靦腆地搖了搖頭，又去舔了舔嘴唇，然後轉頭又去看窗外。外面已入夜，黑得已看不見任何景物，只有偶爾遠處的一兩點星火閃入眼中。她想：天一亮就見到奶奶了，就有屬於她的美食吃了。

在列車的搖搖晃晃中，她小睡了一會兒。再睜開眼睛時，對面的大男孩不知在何時離開了座位，對面換了人。桌檯上面的水果罐頭下壓著一張小紙條，上面用藍色墨水筆寫著：小女孩，罐頭留給你吃。

千山萬水，她都不覺得遠，因為她要去見的是疼愛她的奶奶。

見到奶奶時，還未等她開口，奶奶一聲接一聲「梅子」的呼喚聲，拖得悠悠長長的，拖出了笛子吹奏出的韻律，拖出了眼角不聽使喚的淚水。

「大嗰咗，愈來愈靚女嘞！」奶奶憐愛地端視她，撫一下她的額頭，又摸一下她的手，然後搖著她的長辮，說：「女仔長頭髮好睇啲，咁多頭髮，我哋梅子身體好。」

在奶奶眼中，屬於她的一切都是美好的，不像繼母那樣用一聲聲「笨得像豬」把她否定得內心結霜。

奶奶說的是粵語，父親時不時會教她一兩句，她邊聽邊猜，雙管齊下，略懂一二的。

梅子想叫「嫲嫲」，可是還是習慣性地叫了一聲：奶奶。

奶奶花衫花褲，著裝有色彩，和她眼中見到的樓上樓下幾乎穿著清一色卡其布衣的老人不一樣。見到奶奶之前，她會想：奶奶生活的地方一定是帶銅臭味的，這是她不知從哪本書中讀到的印象，雖然她還不清楚銅臭味是什麼意思。只是見到奶奶後尤其是得到奶奶那麼多好吃的食物後，她想的卻是能夠去香港就好了。

奶奶是最疼愛她的人，她的名字就是奶奶起的，奶奶姓梅。每次來龍城，奶奶都會挑著一擔子食品，裡面有砂糖，有麻油，有公仔麵，還有她最喜歡吃的巧克力。許多食物在大陸都是緊俏商品，要用票券購買，有的還買不到。奶奶把這些食物用瓶子、報紙或塑膠袋分別大瓶小袋地精心裝好，然後挑著它們坐火車，過海關，再轉車，一路勞頓挑到龍城，其中歷經了怎樣的艱辛及長途顛簸，奶奶從來不提及，只要一見到梅子，所有的艱辛不翼而飛，滿心歡喜便會通過言行傾瀉出來，只顧把食品一件件從自己的蛇皮袋中取出，然後裝滿梅子帶來的背蔞裡。

這次也不例外。奶奶一邊覺得挑來的食物不足夠，一邊又擔心梅子這麼細小的身子骨如何把那麼重的東西帶回去。

奶奶這次交給她的食物中有一盒她從未嘗過的口香糖，還有一件領口袖口鑲著花邊的淡藍色的方格連衣裙。奶奶說：「女仔大咗，要識得扮靚。」還把一本最新的電影畫冊塞進她的帆布跨包裡，說是在回去的路上看。

奶奶每次來都少不了一番叮囑的：做女仔要識得端莊，坐要收腿有坐姿，講嘢要細聲啲。

有些話的意思，繼母也表達過，但聽起來更像是奚落更像是辱罵，她聽不進。

「你這個小妖精，一條半腰裙短到膝蓋上，你想穿給哪個男人看？」

「你看隔壁家的曉芳樣樣家務都會做，你只配給人家提鞋。」

她喜歡奶奶，奶奶帶給她溫馨的感覺。奶奶像是從古典小說中走出來的舊時老婦人，仁慈和善，和她周圍接觸過的人有些不一樣。奶奶身上有一樣東西，牢牢吸引著她，這東西是什麼？她一時還說不出來。

她一邊吃著食物一邊仔細去看奶奶，看到了奶奶眸中蒼蒼歲月沉澱出的渾黃。奶奶梳著短髮，頭髮花白，頭髮梳理得額前露出一個美人結。奶奶年青時一定好看。奶奶在老，眼角的笑紋像龍爪菊似地在恣意綻放。梅子多麼不希望奶奶老呀！

奶奶的袋子似乎很深，有著掏不盡的食物，掏不盡的綿綿不絕的愛。

奶奶伸出青筋歷顯的手，取出一大瓶她親手製作的梅子醬。這種醬是用來蒸魚蒸排骨的，父親喜歡吃。還有一大瓶梅子果脯，每次帶回去，父親更多是用來泡水喝。

奶奶剛打開瓶蓋，還不待那期待中的味道跑出來，梅子的手已快速抓取一粒，用舌尖舔了舔，便急不可待的放入口中，頓時，酸甜濺滿齒牙，口水頃刻間浸泡出一個十足的饞來。

待她伸手又去抓取時，奶奶已用筷子夾起一粒，放入她的口中，說：「酸酸甜甜梅子味，咁鍾意食，多食啲啦。」奶奶還說她的鄉下家門口就有梅子樹，以後帶梅子去採梅子。

「呢啲龍鬚糖，你阿爸好鍾意食，千祈記得俾佢呀！」奶奶取出一個紙包，反復叮囑她。

在奶奶年長月短的叨嘮中，飛絮濛濛，往事渺渺，總是揮之不去對父親的牽念。

那是歲月深處的呻吟聲，仔細聽，斑斑點點都帶淚。

有那麼一天，邊境突然間開放，還在大學讀書的父親聽從奶奶的吩咐，回鄉祭祖。他們是客家人，有祭祖的習俗。父親在奶奶的叮囑中逆流而上，但沒有做到奶奶希望的「早去早返」，而是滯留未回。

奶奶一直耿耿於懷，認為是自己誤了兒子的前程。其實梅子知道，父親當過兵，如今做了工程師，生活得樂悠悠的，有繼母陪伴，他津津樂道的話題偶爾才是和奶奶在一起的時候。

梅子和奶奶在同一張床上睡了一個星期的安穩覺，不必擔心一大早在繼母催命咒一樣的罵罵咧咧聲中擾走清夢。奶奶說小孩子睡得好才能長得好。

奶奶身上像有一片清輝，在朗朗映照著她。在奶奶身邊，她知道什麼是愛。她很想和奶奶生活在一起。

奶奶收藏著對父親小時候的回憶，說父親很喜歡吃雞肝，每次都會在奶奶做好的一隻雞中取出雞肝咬上一大口，然後把剩下的一小口放回原處。他以為自己做得很高明從來沒被奶奶發現，其實奶奶是裝作不知道而已。梅子不知道父親愛吃雞肝，因為一年中很難得吃到雞肉，即使吃到雞，那些雞肝都是繼母口中愛嚼的食物。

奶奶睡時寬衣解帶，起皺的腰間露出一塊色澤溫潤的玉珮。玉是這樣佩戴的嗎？梅子有些好奇。玉珮上面依稀可見一個「福」字，因為太精美，梅子忍不住伸手想去觸碰，被奶奶攔住了。奶奶說：呢個係我阿爸留俾我嘅寶物。梅子快高長大，嫲嫲留俾你。

梅子幾次聽奶奶提起過爺爺，可是卻不曾告訴她爺爺為什麼不在香港？

「嫲嫲喺香港等你哋。」一個星期後，梅子和奶奶隔著淚簾揮別。在火車拉近又拉開的距離中，奶奶成了梅子眼中時而近時而遠的一道朦朧景觀。

第二章　少女之心

繼母的罵聲像一根無形的藤條，抽打著她成長中的記憶。

從小，梅子就在接受挨罵的訓練，稍有不從，繼母的罵聲便會從天而降，挨打也是常態。

梅子帶回的食物把繼母供成了施捨人。這些食物繼母不忘當作人情送一些給自己娘家的親戚，她要吃時需要經過繼母的手再分配，一盒口香糖再到了梅子手上只剩下一片了。

繼母不僅人胖，指根也胖成了笑窩那樣。繼母說這和她在食堂工作無關，還說她是一個喝水都能胖起來的人。在普遍肌瘦甚至臘黃的人群中，繼母胖得有些張揚，帶給她的好處就是肺活量大，說話時音量有些不受控制。

「吃老娘的，還跟老娘作對。」繼母在發威，也不擔心聲音穿過窗簾跑到四鄰耳裡去。

那件奶奶送的格子連衣裙，繼母想留給梅子的異母也異父的妹妹玲玲。梅子不從，拚命拽住裙子，眼淚和哽咽聲同行：這是奶奶給我的。

「成天一口一個奶奶，滾去香港和你奶奶過好了。」

父親出現了，繼母才鬆了手。父親的臉色黑沉下來，繼母也會手足無措。只是這樣的鏡頭一出現，家裡面會死寂得半响出不了人聲，緊隨其後的摔門聲，盆碗叮噹得快碎裂聲，會讓梅子籠罩在一整天大氣也不敢吭一聲的緊張中。她不想看到父親為她而動氣，所以繼母不善待她的事情能忍便忍，但內心深處的渴望在加深：長大後去香港找奶奶。

每次和玲玲發生爭執時，她都是被責罵的對象。繼母說她該懂事了，姐姐必須讓妹妹。有時候她也覺得自已該懂事了，懂得收藏屬於自己的秘密了。同班有個白淨的男生坐在她的課桌後面，小息時，在她回頭想看他時，他也多看了她兩眼，她有了怦然心跳的簇新的記憶。這樣的感覺她抑制不住，就用文字收藏，於是寫成了日記。估計日記被繼母偷看到了，不然不會在兩天後指桑罵槐地罵她「年紀不大，老往歪處想」。

沒想到繼母的一句「老往歪處想」竟然罵得那麼湊效，她開始總往歪處在想了。她在開學時，想穿上那件格子裙，好讓那個白淨的男生的目光專注在自己身上。猶豫後，覺得裙子太醒目，大家都在穿半腰裙，眾人面前跑出一個穿連衣裙的，那些異樣的目光爬在自己身上，一定奇癢難耐，不會好受的

雖然年紀不大，但把素色穿出了習慣的她，懂得需要考慮影響，於是外面罩上了一件用繼母的衣服改小的灰色外套，只翻出滾了湖藍色花邊的裙領。即使這樣不倫不類地穿衣，仍然被同桌的孔姓男生一個惡狀告到老師那裡去了，說她有小資產階級思想。這樣的指控，讓她恨恨在心地長久不能釋懷。她有遠處的擔憂，擔心把告狀寫成對她的評語，更擔心這樣的評語如果寫入檔案中會影響自己的一生；也有近處的擔憂，便是在同學的眼中自己會成為被恥笑的異類。

她第一次有了不被人認同的受挫的感受，覺得這種檢舉行為和她看電影看到的叛徒的行為簡直同出一轍，都是害熟人。她不由地嫌惡起那個男生來。仗著自己成績好，她一次次懲罰他，不再為他提供作業上的幫助，讓他考試時無處可偷窺，讓不及格上了癮般找上他的門去。

後來，在她做值日生時，那男生特地留下來幫她擦黑板，找到機會吱吱唔唔地告訴她，其實他很喜歡她，只是看見她的眼光總是不看向自己才去告她的。這

反而令她更喜歡去看那個白淨男生了，因為他不會打她的小報告。直到後來，要去奶奶那裡了，需要調出檔案了，她還在擔心檔案中是否「有小資產階級思想」的記錄，一直到證實「沒有」，壓在心中多年的石頭才放下。

她感到周遭天羅地網般藏匿著繼母的眼睛，以後她寫日記時會寫下一些含糊不清的讓繼母不易讀懂的句子。生氣了，寫著：荒野生白煙；流淚了，就寫著：小雨下個不停。這種遮人耳目的隱晦的表述方式，讓她自以為找到了不被繼母惡語傷害的安全感，還能帶給她一種竊喜，能夠想辦法對抗繼母帶給她的威脅了，甚至不知不覺間還提升了她作文中的想像力。

生命，原來可以悄無聲息地說來就來，說去就去。

她的這種經過日月錘煉的文筆，竟然被鄰居家的女兒曉芳發現了。有一天，曉芳送了三顆從上海老家帶回的白免奶糖給她吃。天下哪有免費的午餐，正在她吃得喜不自禁的時候，曉芳交給了她一項任務。

「幫我抄寫一本小說。」

「我？」她不顧奶糖還黏在牙齒上的尷尬，吃驚地張大了嘴，竟然有人看中了她的蠅頭小字！

這是不知道被多少人在私底下當作禁書來抄寫的手抄本！曉芳說出這本書名時，細眼裡閃耀著流星劃過的神秘光亮：「遠東之花」。當時書店裡陳放著的盡是些「半夜雞叫」、「艷陽天」之類的書籍，講的都是些憶苦思甜、改天換地的故事，買不到這類只是涉及談情說愛便會被人用「黃色」來添加腳注的書籍。

「是講女特務的？」

梅子知道故事內容後來了勁，這段時間有一種天然的對美的吸收能力在她身上發揮了功效。她知道講女特務的電影畫面都很好看。那些女特務們無一例外地留著卷髮，口吐煙圈，個個打扮得很妖艷，相信小說中的女特務也會是一樣的妖艷傳神。梅子由衷喜歡看她們。這是一種自然流露的天性，但在她所受到的教育中，卻涉及到有關覺悟的問題。為了不惹麻煩，最好不要說出來。雖然大人們說她人小，但她在學著用複雜的心情去面對周圍的環境了。

梅子邊抄邊看，抄了半天，也沒感受出被人稱作遠東之花的女子究竟美在哪裡。可是許多年輕人把這類故事當作戈壁荒漠的一朵雪蓮，或甚似雪蓮般的寶貝而著迷。沒有正常出版的渠道，他們只能用抄寫的方式，是因為神秘，是因為青春期萌動著對美的渴慕、對愛情的向往，才使得這類描寫了情愛的手抄本，在當時成為許多年輕人暗地裡爭相傳閱並想手持一卷的寶貝吧？

為了接下來的三顆白兔奶糖，梅子一有空就伏在曉芳在自己家中為她提供的塗了一層赭色漆的長桌前，一字一句地抄寫著，當然，要躲開大人的目光。在大人的慣性思維中，可能他們連內容都不用看，僅憑書名就會快速將此書定性為：黃色下流。只是連續抄寫三次後，梅子發現這種抄寫不是那麼好玩，完全是一項正兒八經的工作，勞人眼手。慢慢地，她想放下抄寫的筆，捨棄那三顆奶糖的誘惑了。

正在她有了不想再抄寫的打算時，曉芳不知從哪裡又弄來另一本手抄本：「少女之心」。說是有人送給她的。僅看書名，就引誘得梅子的心怦然心跳。這本手抄本精緻一些，人工線裝，封面有一個打著髮結的少女的側影素描，有些像曉芳，但曉芳僅把這本書讓梅子看了一眼封面後就收藏起來了。

「遠東之花」的抄寫任務，最終還是沒有按梅子的心願再繼續，因繼母和曉芳的母親發生了爭吵而停了下來。大人的矛盾表面上是曉芳的母親檢舉繼母在學習馬列小組會上接二連三讀錯了最高指示的字音，有惡意之嫌，實際上是曉芳的母親去單位食堂打飯時總覺得繼母給的米飯斤兩不足而積累的宿怨引起的。這種你告我、我整你的現象，大家都司空見慣，當家常便飯般，只是大人之間的恩怨也禍延到了曉芳和梅子之間，她們不再來往了。

但小孩子畢竟單純一些，沒多久，曉芳和梅子又暗中好上了。曉芳點子多，又萌生出了要把梅子帶到郊外去學游泳的心思來。

那時候的父母們一門心思掉在鬥私批修的旗幟飄揚的紅色海洋中，根本不會去忖度他們的孩子會不會因為缺乏他們的精心照顧而會發生什麼意外。

幾乎不用什麼考慮，梅子捎上自己的滿心歡喜跟著曉芳去了。曉芳和自己的一個同年級女生帶上兩個低年級的小女生—梅子是其中一個，走了大老遠的路，去了郊外的河邊。

快到河邊時，曉芳指了指前面的一座山巒說，前面這座山上有一座寺廟，上山的路是一道道石階鋪延上去的。上次來時有鄉民告訴她，以前打著光腳踩著石階上山，可以踩出悅耳的音樂聲，每一塊石階都有音符的，後來在「破四舊」的熱潮中，被人用開山辟路的工具把石階搗毀了，如今少了一個好去處。相同的「砸碎舊世界」的故事，梅子聽過很多，所以她不會有什麼大驚小怪。

曉芳比梅子大四歲，十七歲，是需要上山下鄉當知青的年齡，不知何故，她還待在家中。那種年齡所帶出的印象，對梅子來說完全是大人的感覺。不知是因為胖而身體早熟，還是因為早熟令身體瘦不下來，曉芳身體渾圓而豐滿，渾身都佈滿彈性。她的熱情和她的身體一樣，飽滿到隨時可以隨心洋溢一番。

她們來到河邊。

游泳前，曉芳一點不客氣地去撩開梅子和另一個低年級小女生的小背心，兩道眼光探照燈般在她們的胸前照射了幾下，然後像醫生發出權威的診斷，用成熟的口吻說了一聲：正常。

對於曉芳的這個過份的動作，剛懂得什麼是發育的梅子，頓時生出一百個不自在來，羞澀無處躲藏，漲紅了整張臉。她轉身自救般地在想：還好，沒有伸手來碰。

在曉芳的指導下，熱身，下水。然後憋氣，嗆水，通過一陣手足並用又划又晃後，梅子終於能游兩下了。

在她游到第九下時，抬頭正見對面的曉芳和一個男生在她的右前方如膠似漆地黏在一起，水淋淋地擁作一團。然後男生的頭像扎猛子一樣扎進了曉芳的懷裡。

梅子不知那男生是何時出現的。

這一幕，看得梅子能夠感受到頰邊有紅雲飛渡，她暗暗叫了聲：糟了！好像自己做了什麼見不得人的事情一樣。這是個男生和女生碰碰手也會羞紅臉的年齡。她們都沒有上過生理課，有關性知識是洪水猛獸不可涉及的，像是野生的果樹，全憑在自然成長中去發芽，生長，開花，結果。那時候，在她朦朧的成長意識中，小孩子就是在成人後的男人和女人的相互擁抱中來到這個世界上的。

其他兩個女生背向他們游得遠，只有她停留在淺水區看到這一幕。她的手腳僵在水裡，不能再往前划動。她記得自己是能夠游九下的，可是，眼中收留了撩人的並被她認定為羞人的一幕後，她的心亂了，只能游九下，就不能再向前了。

一個星期後，曉芳和她的男友一起失蹤了。聽說雙方父母反對他們交往，曉芳曾一度被反鎖在家裡。作為鄰居，在一個子夜，梅子被隱隱約約傳來的曉芳的哭泣聲鬧醒過。他們經歷了什麼，別人不得而知。只是再過三個星期公安人員在曉芳家門口出現時，才讓人知道他們去了北方一個公園，以殉情的方式離開了人世。據說還留下一封遺書。寫的是什麼，沒有透露出來。

在繼母背後的議論中，可以聽得出對曉芳母親的同情。只是曉芳的母親一滴眼淚都沒有流下，因為曉芳丟了她的臉。

兩家的關係沒有再和好的後續，因為不久，曉芳的母親以病退為由回了上海。

曉芳的離世，就像一顆石頭噗通一聲垂直掉入了水中，在周圍連個水漂都沒有打起，波紋不驚。在這個周圍貼滿了標語口號的社會中，人們的關注重點傾向於廣播報紙上出現的最高指示。

不知怎樣，梅子看到的水中一幕，成了她成長歲月中最能濺起激情水花的記憶。只是，從此，梅子的泳技只停留在能夠游九下的水平上，她不知道自己究竟會不會游泳。就從那時起，她開始怕水了。

在成人的故事中，存在著太多的欲言又止。

有很長一段時間，梅子陶醉在奶奶希給她的物品催生出的渾然忘我的喜悅中。她一次又一次打開電影月刊，去看那些俊美的彩色面孔。那些女生，髮式有型，裙裝飄逸，一顰一笑，裝幀出惟美的生活畫面。有的明星的衣服薄如蟬翼，身體竟可以隨一根線條凹凸有致地起伏。她朦朦朧朧意識到女性的美可以通過身體的曲線來展示。她天天去看她的小腿，擔心它長寬長圓，因為她從大人的口中聽到小腿修長是身體正在「抽條」，還會繼續長高。

她的目光停留在一張俊朗面孔的畫面上。那男生，白色襯衫上打著斜紋領帶，一頭濃密的頭髮，有那麼一綹髮從額前穿山過水般斜撩過去。她心思神馳。

「你在幹什麼？」繼母不知何時不打招呼地闖進她的小房間，並掀開了她床上的白帳子。

她迅速把那本電影月刊塞進枕頭底下，但最終被繼母強行翻了出來，說這是不教人學好的黃色的東西，應該扔進垃圾堆裡。

「我喜歡他們……好看……」她囁嚅著表達自己，再一次拽住心愛的東西不放手。繼母罵了一聲：狗改不了吃屎。然後走開。

淚影在眼眶中浮現了又消隱。她一直在繼母的惡言惡語的惡劣環境中成長。

她也會想念自己的生母，但只局限於偶爾。生母在她三歲時拋下了她，割斷親情就像除去荒草一樣容易，連個完整的背影都沒有留給她。她對母親所有的感知只是乾癟的「母親」二字。

有過那麼一次，父親提及生母。那時繼母不在，他站在窗前吸煙。隨著吐出的一個接一個的青色煙卷，吐露出幾句話來，好像要讓梅子知道她有過一個親生母親，又好像想讓她知道這樣的母親最好忘記。

「你媽媽很漂亮，膚色有點黑，別人叫她黑玫瑰。她喜歡跳舞……那都是些蘇聯專家……」

她想聽下去，聽生性熱情奔放的生母因為跳舞有了自己的新相好，有了艷史，把絕情念碎甩給了父親。

然而父親深吸一口煙，讓嘆息一同呼出，轉身把煙頭在煙缸裡摁滅，同時終止了語音在室內回旋，讓沒有說出的話繼續封塵。

父親時不時會向她抖落一些往事的煙塵，好奇心令她聽得很仔細。

父親在香港出生並長大。那是一個五月，因為邊境突然通關，內地許多民眾潮湧般通過水陸逃港。一個多月後，在黑壓壓的南來人群中，父親卻逆流北上去祭祖，因而滯留未歸。

「三分之一，三分之一……」或是觸目驚心的慘狀壓迫著記憶中的某根神經，父親憶述時神情痛苦，聲帶伴隨著一串數據戛然而止。

這道往事之門，是父親在他要去龍城見奶奶時一時興起，開啟過一次。剛說到這裡，繼母便插上一句：不要總去翻舊帳。父親的話就中斷了。

梅子對生母為何出走不是太想知道，反倒對相貌平庸的繼母為何這麼容易走近自己的父親存在著好奇。繼母不止一次對梅子說過：幸虧你爸爸跟了我，我根正苗紅，祖輩幾代是貧農，不然，你爸爸的海外關係足以讓他活得沒盼頭。繼母說時儼然一副大救星的神氣，把父親眉宇間展露出的英氣給比試下去了。

第三章 雁鵲南飛

星移斗換，普羅大眾都在時局中擺渡。

不知經過了多少年思念的跋涉，梅子一家將去香港和奶奶團聚。因為有奶奶在等待，她才得以輕鬆地渡向羅湖橋的另一端，雙程證決定了他們一家人的生活走向。

羅湖橋如一彎新月落在了梅子眼前。讀書讀到的舊時的人「別我鄉里時，眼淚串串濕衣衫」的畫面，在梅子腦海中閃現。梅子擠在向前湧動的人流中，感覺中好似雁鵲南飛，在做一次長途的遷徙，有著很多對新生活的祈盼。

她不知道在晃如一片浮光的飄移中，冥冥之中，生活中會有著一種怎樣的鋪排？

剛過羅湖橋，前面有一中年男子突然間掉轉身站在一側，對著來時的路發出一聲大喊：我再也不回來了！說完，用手背擦乾腮邊的淚水，又一個轉身，消失在人群中。

人流繼續往前湧動，每個人都帶著各自的心情上路。

奶奶的家，是舊屋區，座落在九龍城區的邊緣上。坐電梯上到九樓，一條長廊的兩邊共住著六戶人家，其中一戶就是奶奶的家。

父親一家的到來，令奶奶的嘴連續好幾天都高興得沒有合上過，儘管額頭的阡陌繼續縱橫，那溫和的笑卻能把生活中的褶皺撫平。

雖然春節過去了三個多月，在奶奶家大門的左右兩側，梅子看到了還未剝落盡的春聯上的繁體字跡。門口擺放著一個香爐，上面正燃著三炷香。奶奶說家門口供奉的是地主。梅子最初聽到時，按她的理解，問了聲：地主？在大陸，地主是被批鬥被鏟除的階級敵人。經奶奶解釋後才知道原來這裡的地主是土地神，是用來守護家宅，抵擋魔邪的。在每月的初一和十五都要點香，奉祀神靈。奶奶告訴過梅子，她能夠等回梅子的父親及其家人，是因為她一直在敬神，還說梅子的爺爺能在國外發財，也和她燒香有關。奶奶說時一臉的虔誠，眼神中閃爍著晶瑩的光。這是精神之光吧？可以點亮生命，還能灼灼耀人。

室內正中央有一張雖陳舊但擦得幾乎發亮的木桌，桌面不大，但桌腳比一般的桌子高，上面設有佛壇，還配齊了佛具。奶奶會念經，說唸經唸久了會生心香。

「心香？」梅子發現自己什麼都不懂，祖輩世代相傳的習俗到了她這裡像斷了根一樣。她發現這裡的文化和大陸隔著幾重山水那樣的天遙地遠。她隱隱覺得這個新環境對她來說，鉑金紙般裹著一層又一層的陌生，需要她從頭到尾來適應。

奶奶繼續解釋說：「心香也可驅邪，無惡念產生，遇事唔慌張。」

燭台，敬盞，高低有別，前後有序。儘管奶奶再三講解，由於陌生，梅子對如何上香及拜神的程序不能迅速領會和牢記，好奇中夾雜著更多的小心翼翼，惟恐稍有不慎，冒犯神明。

直覺帶給梅子的是，她觸及到了奶奶內心深處的文化。這文化很深奧，不是一時半會兒她能領會及學到的。

在被歲月搓得細長的時光中，奶奶捻出一縷精神之氣，以她自己生存的方式，平靜地供奉著她心目中的神靈。

「一切還是以前的擺設呀！」父親一進屋，眼睛便如風中的葉片般上下左右翻轉個不停。年邁的母親用心良苦地幫他保留著過去的記憶，家中的桌、椅、床，還是以前純木質的，連方位都沒變。他的木製玩具手槍雖然已變暗了色澤，但還擺放在窗前桌面已裂出一條長縫的木櫃上。那是他自己的父親當年親手做的，兩把，兄弟倆一人一把，不用爭搶。父親很快找回了二十三年前的記憶，甚至嗅到了沉澱在歲月深處的兒時的味道。

「但存方寸地，留作子孫耕。」在奶奶簡單的行事方式中，潛藏著不少的倫理觀念。

家，就是奶奶的大本營。

這所房子是爺爺留給奶奶的。早年爺爺去闖南美洲，投石問路地在那裡開商店，生意卻做得風起水生，後來在當地開辦了一家最具規模的大型商場。他想攜妻帶子一起移民，但奶奶一心牽掛著她的去了大陸未返的小兒子，擔心自己離港，便和小兒遙距千里萬里。「兒行千里母擔憂」，這是奶奶真實心境的寫照。在艱難的選擇中，奶奶執意留在香港。奶奶可能覺得在地理位置上和她的小兒子近一些，有盼望。後來，爺爺帶走了他們的大兒子。

「明仔，廿三年，廿三年喇！」奶奶仔細打量著父親，所有的思念用二十三年來概括了。她似乎在和誰做交換，當年交出的一個年輕健壯的兒子，如今領回來，卻已年近半百。

「活著至啱。」在奶奶眼裡，活着是一件滿心歡欣的事。梅子看著奶奶端詳著父親哭一陣笑一陣，一雙佈滿青筋的手把父親的手牢牢抓住，生怕父親又會跑掉一樣。

餐桌上擺放了一袋叫雞蛋仔的食物，奶奶說父親愛吃，但很快被梅子和玲玲搶吃完了。奶奶說：「呢度通街都有好嘢食。」

這餐團圓飯吃的是懷舊飯。是父親提議的，去吃車仔麵。奶奶住屋附近有一家街邊檔口，以前那是一處大排檔，父親還依稀記得當初的市容舊貌，領著一家人走了過去。父親介紹說這道食物源於五十年代，是大陸逃難來的移民創造出的舌尖上的美味。

在這裡，每道食物似乎都有一個典故，梅子覺得自己要學的東西很多。

父親又說：「以前，和哥哥一起去做暑期工，掙的錢就是想多吃上幾回這樣的麵食。如果沒記錯，當時兩塊錢就可以吃上最便宜的一碗。不過，哥哥喜歡吃雲吞麵。」

提起過去，父親談興甚濃。說到這裡，父親望向奶奶。

奶奶一邊點頭一邊說：「依家價錢唔同咗。」又說：「光仔上星期寫咗封信俾我。」光仔是父親哥哥的名字。說完，奶奶為梅子點了叫做牛柏葉、魚丸的配料，再配上咖哩湯底。父親看出了繼母臉上閃現出的不悅的神情，連忙幫玲玲選了牛腩、蟹柳，說：「奶奶忙不過來，我來幫手介紹好吃的配料。」是餓了，也是真的好吃，那碗麵，梅子連湯汁都吃淨了。繼母看到後，冷冷地冒了一句：餓痨餓蝦的樣子，吃得那麼乾淨，也不怕丟人，窮人相！

繼母要面子，炫富不露窮，哪怕沒吃飽都要留點食物在碗中，裝著吃不完的樣子。

「我喜歡。」梅子不怕頂嘴了。她覺得在奶奶這裡，她不必在乎繼母看她是否順眼。

「唔嘥哂食物，係啱嘅。」奶奶稱許梅子，還把多點了一碗的車仔麵，請餐廳侍應打包帶回去。只是，最後這碗車仔麵落入了繼母的腹中。

在這所不大的房間裡，奶奶把臥室安排給了父親和繼母，房中僭建的小閣樓安排給了梅子和玲玲。

梅子環視了一下房間，問：「奶奶睡哪裡？」

奶奶說自己的屋裡，打開鋪蓋睡哪裡都可以。奶奶選擇睡在閣樓梯子和地面構成的三角地面上。

梅子和父親都過意不去，可奶奶執意要這樣做，說是一家人只要住在一起，她睡在哪裡都開心。

連續幾個夜晚，父親和奶奶相互在細訴往事，繼母和玲玲都在各自的床上睡著了，而梅子喜歡坐在一邊旁聽。

母子倆曾在龍城小聚過一次，但那時的環境，說出的話比陌生人還要見外，如今，可以隨心往深處說了。

面對自己蒼蒼白髮的母親，父親在似水流年中追溯著過去。

新的生活，一步步納入正軌，需要用油鹽柴米來展現。

那一年，大量的被本地人叫做「陸人」的人們攜老扶幼，狂潮般湧入香港討新生活。

在報紙上撲天蓋地渲染「五月大逃亡」的標題時，海關正通關，奶奶找到了前往大陸掃墓的時機。他們是客家人，有祭祖的習俗。原本是想讓哥哥去的，但那段時間，哥哥患上了腸胃炎，於是當時二十歲正在讀大學的父親在奶奶一聲聲的催促聲中，猶豫再三，決定逆流而上，但沒有做到奶奶所希望的：早去早返。

過了關，父親仍不敢鬆口氣，到達的故土那時還只是一個交通滯後的漁村。他需要找到寶安以北的一條村子。幾經周折，兩天後才找尋到。村落凋蔽不堪，雞犬不鳴。到達後才知道，這裡正在發生的災荒已超出他的想像，一條同姓的村落，一百二十多條活鮮鮮的生命被飢餓帶走了三十多人。這事他一直守口如瓶，現在才敢說出來。

「三分之一，三分之一……」現在，梅子弄明白了從父親口中浮蕩出的數字的含義。

父親一直認為自己害了人。他用來祭祖的供品成了親族爭搶的食物。兩天來的飢餓帶來的恐慌也在威脅他。他想保留一點食物用以裹腹，於是搶回了一個遠房侄子又瘦又髒的手中正要塞入嘴裡的麵包。祭完祖，從村前走過，他看到了遠房侄子倒臥在地的畫面—仰天躺著，張著嘴……恐慌不安的父親急於回港，想不到海關在他到達的前一天已封關。他轉道去了龍城的遠親家。

只是，那麼多年，父親對那段不堪的往事的追憶，一直被那個遠房侄子充滿了哀求的目光佔據著。集體性選擇失憶時，父親似乎也在回避，試圖隨大流忘記一些什麼。一旦掀起那些沉重的回憶，便會狂暴肆虐般擄走他的平靜，把他掀倒在焦躁不安的複雜情緒裡面。

大人們在憶述往事時，似乎都離不開和偷渡相關的苦難。

「攞去用，你哋需要。」第二天，奶奶拿出一本存摺交給父親，說這是早年梅子的爺爺寄了些錢回來，一筆未用，全都攢在這裡。父親正想推辭，繼母伸出了手接過存摺，說：「我來保管吧。」父親看到了梅子眼中竄起的火苗，便轉眼去白了繼母一眼。繼母權當沒看到，笑容展露得更加明顯，說了聲：我去放好存摺。然後就進了臥室。

梅子不明白奶奶為什麼要這樣做？奶奶深知「老本」對人老後的重要性，那幾乎是把自己的身家性命交了出去一樣。

奶奶反過來安慰梅子，說：「阿嫲每月有間屋收租，唔使擔心。」

想當年奶奶也是大戶人家的千金，早年兵慌馬亂，隨爺爺一起逃難來到香港，辛辛苦苦織出一個家來。後來，內心被爺爺的背離抽空了的地方，奶奶用執念來填。二十多年的掛念蔓延成線，任何付出，都是心甘情願。歲月如綿，奶奶用耐力，用信念到底等回了她的小兒子。

知道奶奶的身世愈多，梅子愈是敬重奶奶。

就像經歷了一次動物的大遷徙般，隨著時間的流逝，新的生活，一步步納入正軌，需要用油鹽柴米來展現。玲玲去了一所中學繼續學業。而梅子在一家大排檔做起了侍應生，每天端碗端得手軟。為了配合工作，她的作息時間在變動。

沒多久，梅子發現自己早上起床時除了見到廚房的早餐，總是看不見奶奶的蹤影。去問父親，說是奶奶散步去了。直到有一日梅子途經一家商場，在為顧客設置的座凳上，看到一位滿頭銀髮的老人搖晃著頭顱正在打瞌睡，心想：好孤獨的老人。定睛一看，誰知是自己的奶奶。

「奶奶，回去睡吧！」

在梅子一再追問下，才知道玲玲上下閣樓重重的腳步聲，以及繼母的大嗓門製造出來的噪音，嚴重影響到了奶奶的睡眠和休息，難怪奶奶這段時間總是懨懨不振的樣子。但不管梅子提醒了多少次，繼母和玲玲依舊故我。梅子是希望父親能夠表態的，在繼母犀利目光的注視下，父親的態度更像是和稀泥。

這回，梅子來氣了，提出了睡房應該讓出來孝敬老人。

「這原本就是奶奶睡的地方。」

話到唇邊，梅子把後面一句「鳩佔鵲巢」吞了回去。繼母應該聽明白了，無話可說時，轉頭望向正在追看熱播的電視劇「射雕英雄傳」的父親。

在父親眼中，這是母系社會的紛爭，瑣碎到他不想去管。在梅子目光的祈求中，父親站了出來，用他在工作中學會發言用的語調，拿腔拿調發話了：「一家人，互相讓一步嘛！」原本是制止雙方的戰火漫延，說到最後，卻難以避免地忘記初衷又站在了繼母一邊。

「這是奶奶的家。」

梅子做不到像玲玲那樣只相信自己的存在，對眼前發生的一切冷眼旁觀地行注目禮，像空氣來去無聲息，讀書，聚會，玩樂，熱情在外面的世界揮灑不盡。

這句話，確實把繼母嘴邊的話鎮回去了。協議似乎在大家的意會中用沉默達成。以後，玲玲上閣樓時打著光腳上去，繼母說話時也不再使用尖聲利嗓、似要劃破窗戶玻璃般的腔調了。

但，繼母和奶奶之間的紛爭大有撲不滅的星火之勢。梅子和父親在撲火的同時，又分別在扮演點火的人。

必經的陌生，打著啞語向她走來。因為語言不通，四周都似豎起了竹籬堅藩。

初來乍到的由新鮮感帶出的那種愉悅，就像搭上了一輛特快列車，來回晃動了一下，然後不見了。

一抬頭歷歷可目的教堂，錯落有致的樓宇，從報章上看到的媽祖廟，文武廟，宋王臺，歷史遺跡，在這裡比比皆是。雖然遺址陳舊，卻令梅子耳目一新。還有街頭的示威遊行，讓她讀懂了一個新的詞彙：訴求。

只是新鮮感一過，熱騰騰撲面吹來的不帶省略的氣浪，那就是：求職謀生。

最初，粵語中的「恨嫁」，梅子理解成了「不想嫁人」，和原意「非常想嫁出去」是截然相反的意思，憑這，便可測出她和這座城市的距離。從父親那裡學來的粵語僅是一點皮毛，只鱗片爪，不夠用。再有，她中學才開始學到的那點ＡＢＣ的英語水平在這裡根本擺不上桌面，知識上的貧瘠顯山露水而出的寒磣不比捉襟見肘令人好受。

生計問題，是她來到這座城市的首要問題，那些飄進耳膜的綜援福利，似乎到了她眼前就跑得無影無蹤。她有了當地人眼中的身份認同：北方人。有時這更像是一種標籤，讓她接受著像是被人檢閱的目光。

梅子去過一家福利院試過工，面對一眾老人，她突然變得無所適從。後來，她在一家餐廳找到一份端水遞飲的工作，很認真在做，仍擺脫不了顧客的投訴。有顧客投訴她的粵語不靈光。工作剛開始不久就出錯，顧客要一碗「瀨粉」，她聽出的卻是「奶粉」，回答說：「沒有。」

這天，她第一次在餐廳老闆的目送中下班。

心中不快時，途中看到的所有人的面孔似乎都拉長了一寸。這座城市帶給她的生存概念中包含著拚足力氣地競爭。

她坐在一輛雙層巴士上，看到的不僅有繁華鬧市區的燈紅酒綠，還有在山腰上雨點可以敲出聲響的一排排灰白色的鐵皮屋，在斑駁生鏽地凸顯出許多新移民的生存處境。

不知什麼時候，父親和繼母學起了玩股票。尤其是繼母，有關這座城市，她除了看不慣街頭的示威遊行並斥責示威者為破壞份子之外，其他曾被她批判過並嗤之以鼻為腐朽沒落的一切舒適的生活享樂方式，她都來者不拒地照單全收。曾被她視為靡靡之音的港臺歌曲，如今她聽得比誰都入迷，不時還會尖聲利嗓地跟唱一曲。

奶奶念經時希望室內安靜，繼母哼唱出的一些總像是在高音區逗留的地方小曲，在所難免地成了繼母和奶奶之間起紛爭的另一根導火線，一點就燃。

「奶奶，我會努力賺錢，等我有了家，和我一起住。」梅子常把奶奶拉向一邊安慰著。這句話，成了奶奶內心止痛的傷口貼。

梅子安定好了奶奶的心，卻在為自己的工作不能安定下來而悄悄抹淚。她沒有告訴奶奶，她剛被餐廳老闆炒了魷魚。幾乎不容她解釋兩句，老闆的一句「走人」，由不得她不願意走。

奶奶是細心的，猜測到了什麼，像是在安慰梅子又像是在安慰自己，說：唸經，即係渡心，渡過心中嘅難關至幫得到自己，無論發生咗咩事，重要嘅係諗得開。

她一直覺得有一樣東西，不時在奶奶身上閃現，是什麼？慢慢她才弄清楚，那是一些隱形的文化符號。這樣的文化，令奶奶從中得到一種心安理得的平靜，繼而坦然地面對生活中的一切，接受一切，並付出一切，用奶奶的話來說，就是：順其自然。

奶奶的心中，住著神明。

敬神，是奶奶生命中的一部分。梅子喜歡聽奶奶念經的聲音，這樣的聲音讓人聽起來內心安祥。

只是，繼母是無神論者，看不慣這些，認為奉祀應在戶外進行，希望奶奶能夠拆掉室內的佛壇，或移到角落位置，讓室內空間寬敞些。

聽繼母這麼一說，奶奶情緒少有地激動，紅了臉，顫動著雙手壓住木桌，大有誓與佛壇共存亡的架式。

在人心不古的世道中，奶奶以不變應萬變，每天依從著她固有的生活方式，但是，隨著繼母的到來，奶奶用她那漸漸衰老的身軀、固有的生活觀念，抗拒著她不能接受的改變。

可是有一天奶奶突然說自己老了，不中用了。梅子清楚地知道，奶奶每說一句話背後都有隱情。原來是繼母告訴奶奶，說是在非洲一些地方，人老了會被子女背進山洞裡，讓野獸吃掉，因為非洲缺糧食，這樣可以避免人老拖累人。

奶奶聽後傷心，覺得繼母意有所指。繼母解釋只是講故事，不必牽強附會。

但這天梅子下班回家後看到了奶奶抹淚的一幕，手袋都未放下，用手輕撫著奶奶的後背，想讓奶奶平靜下來。

奶奶拉住了梅子的手，說：「生存，就係嚟受苦嘅！」奶奶時不時會說上這麼一句話，用它來詮釋逆來順受的宿命和對生命的全部認知。

梅子怒氣填胸，繞開繼母，走在父親的身邊。父親雷打不動地在追看電視劇，電視畫面是「流氓大亨」中的劇情。梅子不怕放開嗓門，說：「你們聽著……」

父親和繼母的目光交流了一下，室內的空氣變得凝重。梅子發現父親身上的那點威嚴，已被繼母的蠻橫吞噬掉。她不看繼母，只看著父親說：

「如果你們這樣對待奶奶，別怪我以後也用同樣的方式對待你們！」

第四章 異鄉吾鄉

許多來這裡的人們背後生長著一片神秘的樹林，搖動起來，都能抖落一地的感慨萬千。

這一陣子，因為工作上的不順利，令梅子煩惱叢生。她想去找一個人排解負面情緒，她想到了燕芯。

初來乍到這裡，她沒有什麼朋友，燕芯是她在新移民中心認識的。只不過見了一、兩次面，有一天梅子走在鬧市區的一座天橋上，竟然被燕芯從背後認出，這份友好也會讓梅子上心的。

最近，燕芯在油麻地一帶開了一家精品店，熱情邀請梅子光顧。在梅子的眼裡，燕芯有一種能耐，這種能耐就是做任何事情首先有明確的方向，接著輔之以方法和技巧，成功便是水到渠成的事了。

梅子喜歡坐在雙層巴士的最上層，這是一種暫新的感覺，只圖能看到窗外的遠景。

車快到站時，放緩了速度。她站起身剛想離開座位時，司機猛地一個剎車，雙腳未站穩，她斜靠在一個半老的男人身上，還來不及說聲「對不起」，那男人粗魯地一聲「八婆」，老鼠躥上樑般刺激了她。

因為口音，以及樣貌特徵，她感到歧視如影相隨。這一次，她自以為找到了最有力的回擊，大有一吐惡氣般地回了一句：八公。

「哈哈哈……」燕芯坐在她的精品店裡，聽了梅子的敘述後，笑個不停，打趣道：八婆和八公是一對。

見燕心拿是說非，笑得一榻糊塗的樣子，梅子有些不悅，說：有什麼好笑的。

燕心笑時，一身枝搖葉晃地抖動著身體。雖已身為兩個兒子的母親，一點不影響她活得輕鬆自在的心情。

「任何男女之間的吵架都好笑，是走了樣的打情罵俏。」燕芯止住了笑。她邊說邊晃動著手上的一本雜誌，是攤頭地街上買的那種。性感，胸圍，舌尖，充斥著封面，可燕芯喜歡看。她在專注這類文字時，目光定定地牽動著情緒，一如親臨此情此景般。她的眼神及身姿，爬滿了一種叫做慾望的東西。她並不在意把這些慾望製造出充滿險情的劇情，只要自己是主角，投入去飾演就行。

「一張小臉，快速瀏覽不過半秒時間，有什麼看頭。」燕芯指了指畫頁中一個被人追捧的女郎。

燕芯看人時的目光，不經意間會流露出涉世已深的挑逗性，喜歡撩開眼角，眼光在刷得一排濃黑的睫毛下撲閃著，順便附上嘴角淡淡的一笑。這樣的眼神，女人可以不加理會，若換上男人，解讀出來的風情卻不會是簡單的千篇一律。

不知怎麼，燕芯的這種目光，以及她說話時的神態，總會讓梅子聯想到一個人，那個看著「少女之心」眼中便會放光的鄰居家的女兒—曉芳。對，簡直太像了！還有她們同樣豐盈多汁的體態，像上海小籠包，誰的舌尖一碰，汁兒隨著薄如糯米紙的皮兒一起溶入誰的口中。這樣的社會自由自在，隨性發揮，就是為燕芯度身訂造的。她沒有壓抑，不必偽裝，直管在自己喜歡的生活水域內暢游無阻地發揮自己的潛水技能。又或是面對這樣的社會生存環境，她只需努力培養自己的適應能力，一切都可迎刃而上。

「如果是你，如何回應？」梅子問。

「罵死人頭。」

燕芯說起話來就這麼露骨。她的這種性格，但就有男人死心塌地來愛她。她的這間小店，是她的乾媽的兒子幫手打理的。乾媽一家來自馬來西亞，華人。租鋪，進貨，都不用她操心，她只負責看守店鋪，買賣收銀。

「要生存，是要具備多一點的謀生手段的，不能全憑生活熱情。」燕芯扯出另一個話題。正說著，抬頭看見有顧客進店。

「這條十字項鏈多少錢？」

燕芯起身去招呼一個中年女顧客。就在生意快要成交時，女顧客邊付錢邊打量了一下燕芯，怪聲怪氣地說了一句：聽口音，你是來自大陸的呀！

「聽你的口音也不是本地人呢！」燕芯用誇張的聲調回應。

女顧客把剛想遞出的錢收了回來，說：「你的東西我不買了。」

燕芯收回了K金項鏈，說：「我並不想賣給你。」

一宗賣賣就這樣泡湯了。

技巧，技巧，這是燕心最喜歡重復的做人或做事的重點，但這次，梅子看到的是情緒。

「沒事，習慣了。」燕芯坐回來時，說了句無鳌頭的話。說時語氣很平靜，但雙手有些微微震顫。

梅子需要在大腦中轉一個彎才能明白燕芯表達的意思。剛認識時，燕芯說話像從瓶裡倒豆子，劈哩啪啦直管往外倒，像有說不完的事情，甚至把自己和某個官員有交往的艷史也炫耀般地說了出來。只是見梅子反應出的卻是「冷」效應，她說話時似乎也懂得了「煞口」而適時打住，不那麼一口氣沒完沒了了。

「不嗆水學不會游泳。我就是邊嗆水邊游過來的。」接著，燕芯笑了笑，一語雙關地說。她的笑有點象開透了的花，冷艷，又帶著那麼一些滄桑，讓人想嗅，又擔心會嗅出一些蔫了瓣的酸楚來。

燕芯屬於那種喜歡濃妝艷抹的女人，盡情到口紅都要選擇紅得發紫的那種型號，希望化妝品到達身體可供觀賞的每一個部位，連腳趾甲也要塗上顏色，似乎要把成長中欠下的色彩，全部在得到機會裝扮的現階段補足。常言道：饑不擇食。同樣道理，在物質匱乏環境中長大的人，壓抑後的愛美的天性一旦釋放，大有連化妝也想在臉上用眉粉、眼影、胭脂和口紅，化出個包羅萬象來。

手鍊，是燕芯最喜歡的飾物，是玉石，還是翡翠，她並不要求自己識貨，只知道，任何飾物，能讓自己自以為美並快樂起來的就是寶貝。

燕芯喜歡舶來品，只是生活條件還限定在謀求物品價廉物美這個檔次上。

「大陸人」，接受這種稱謂的人，大多能敏感地覺出它是一種特殊的標貼，在海外一些人心目中，它是大半個世紀與世隔絕、接受過特別馴化、沒有信仰、文明退化的可怕及怪異的一個群體。再自命不凡的人也會在別人異樣的目光的夾擊之下自我矮化半截，自然而然地會把「融入」這個社會，看作是至高無上的目標。在燕芯看來，最有效的融入方法，就是：有錢。

「昨天警方拉了很多北姑。」梅子找到了話題，把昨晚的一則新聞拿出來說。電視上經常可以看到警察在旺角一帶捉拉一眾「北姑」的畫面。梅子知道了，有些和大陸人相關的詞　在這裡帶著貶意。

「管這些事情幹什麼，她們又不妨礙誰。」燕芯有些心有不憤地說，好像事情是發生在自己身上，又說：「如果生活得好好的，誰願意做這行？」

燕芯曾對梅子說：「我和你不一樣，我是被生活拋到最底處，必須拚了命才能站起來。」

燕芯比梅子活得清醒，知道自己究竟想要什麼。對她來說，必須活得要有目標，有心機，甚至有時候需要不擇手段，不然怎麼叫生活，不管怎麼生，只管好好活。

這世界天花地墜的都是富豪和明星花天酒地的資訊，普通人在社會畫面中所佔的版面少得像幾根雜草，擠進大眾視線委屈地擺個樣而已。

「當你什麼也沒有，你便什麼也不是，沒有人把你放在眼裡。」燕芯說時，大有歷經過世風俗雨的人生體驗。

惟有一樣，燕芯在滔滔不絕訴說時，遣詞用句隱澀得像是帶有心病般的，那就是她來港的經歷。

燕心的欲言又止，勾勒出一種神秘，引誘著梅子探知她身世的好奇心。那些捕風捉影的消息來源，那些蛛絲馬跡的語意披露，被梅子的測度一浸染，過程隱隱能現。

人被扔在荒野了，便知道該如何絕處逢生。

她不知道在船艙內漂泊了多久，又將一路顛簸到何時，只感到身體疲乏至極，總覺得在暗無天光的擠迫中，身體在被一隻手摩挲著。這不是身體緊靠一起在船身的浮蕩中產生的碰撞，而是一種粗魯伴隨著侵淫在她身體上的放縱。四周是漫無邊際的漆黑，連空氣都透著黑色。她不敢吭聲，甚至憋屈著自己連急速呼吸一下都不敢。

周圍席捲著呼嘯而來的恐懼。她想拼命抓住一點什麼，可是她的手除了緊緊摟著一個姆媽臨時為她匆忙拾就的包裹，抓不住其他任何東西，人隨著船身搖晃不定。她害怕翻船，她不識水性。

艙內的魚腥味參雜著人體的汗臭味，甚至還有大、小便味充斥在空氣中，一陣陣浮蕩著向她襲來，加上那隻手的蠕動，令她驚惶中生出想嘔吐的感覺來。她的腦海中冒出一個想法，如果翻船了，她會死死抓住在她身上蚯蚓般放肆地爬上爬下的手，說不定到時它能讓自己死裡逃生。

前一晚，姆媽再三叮囑她：家中砸鍋賣鐵換來的錢都交給蛇頭了，出門討生活，要捱得苦。

想不到這樣的苦不堪言。這哪裡是去討生活，更像是在做賊一樣。這艘船，不是她想坐上去的，而像是被從天而降的一隻無形的手把她拽上去的。

記得前兩天，在路上還遇到過鎮上的瓜哥，他笑嘻嘻地問她：桂枝，什麼時候嫁給我呀？她當時在想：這麼個汲著拖鞋歪歪斜斜走路的男人，邋遢透頂，她才不嫁呢！她多少讀過一年初中，雖不會女紅紡繡，卻心靈手巧，懂得編織草帽、草墊，還有草鞋。很早她就用自己的辛苦補貼家計了，能有那麼一種技能傍身，最大的願望就是將來嫁個公共食堂撐勺的廚師或開公共汽車的司機，她想做公家的媳婦。

可姆媽說：「鄰居家的阿萍早幾年跨山過海去了對岸，有錢有物寄回家，你要能做到，那才叫有出息。」

更多的時候，她覺得自己不是在為人女兒，而是主人鞭下的牲口，一鞭抽過來，不能不從。

她想挪動身軀，可是舉步維艱。

這時，一個大浪掀來，船身巨烈搖晃。在一陣人和人猛烈的碰撞中，她移了位，擺脫了那隻咸濕之手。

「可以上得來喇！」隨著一聲嘶啞的聲音，頭頂上有潮濕的空氣灌入，緩解了她即將陷入窒息的狀態。

「好彩冇焗死我哋呀！」有人忍不住昂頭衝著艙口連聲叫苦。

「吖你個死人頭，避險啫，啯隻船啱啱開走咗。」蛇頭不耐煩地罵罵咧咧。

後來，她上了岸，潛入市區。找到了姑媽就抓到了一張行街紙，並有了一個不那麼鄉村的新的名字，那個桂枝改頭換面成了燕芯，年紀縮小了三歲，她變成了十七歲的年輕女子。即使這樣，在社會上連番遭遇到的還是不被善待。

有些經歷，燕芯藏在心裡，藏久了就成了秘密。在某個夜深人靜的時候，她偶爾會用回憶的撣子拂掃幾下落在歲月中的塵埃。

那次，清晨泛青色的熹微中，偷渡船隻悄然靠岸。十幾個人擁在一起下了船，更像是在海浪的吞吐中像沙石被衝上了岸邊，被蛇頭領著匿身在岸上不遠處的一個殘垣破壁的舊舍中，等人開車來接應。

奔跑中，她身體失去平衡般走路搖搖晃晃。她伸出一隻手盲然地想抓住東西，就像剛才在船艙內一樣，好讓一雙腫脹的腿邁動起來不那麼不聽使喚。這回，她抓住了，有一隻手同時伸向她。或是說這隻手一直如影相隨。

她的手想抽回已來不及了。她幾乎被對方拽著在跑。

「跟我走，人多目標大。我有親戚在本地。」一驚一乍中的她，甚至沒看清楚對方的臉，便被領著往一處更遠一點的舊木屋跑去。

她直感到厚重的睏意在把自己緊緊圍住，身體綿軟無力，倒地就可以睡下。她好像躺在金色的沙灘上，海浪在舔舐她的身體。自己的身體好重，一直在往下沉，又覺得呼吸有些困難，於是伸手去四處又摸又抓。她的手似在濕浸浸的長滿苔蘚的青石上滑動。她聽到了自己耳邊嘿哧呼哧的聲音，像是海風的呢喃細語。她想翻身，可是動彈不得。她努力睜開眼睛。

洶湧澎湃的慾念令那男人手腳在忙不連迭中顫慄。有了受體，直接的步驟首先是佔據，喘著粗氣可以把每個動作都貫穿得更加徹底。

「啊！」她對著趴在自己身上的男人大叫了一聲。

昏昏欲睡中的男人身體猛地一抽，側身倒向一邊。

這時，她有了身體上的痛楚感，垂下眼瞼，看到自己鬆開了的衣扣。她本能地迅速坐起，用雙手捂著裸露的前胸，然後伸出手一巴掌向睡臥在自己身邊的異性身軀狠狠搧了過去。叭地一聲脆響，這一搧，把那結實的身體搧痛得坐了起來。但是她不夠解恨，還想撲向他去咬，被他用力擋住了。這時她才看清了那男人，想不到生得這麼一張奶油臉，一路上對自己實施的都是猥褻動作。

那男人起身，收起鋪在地上的衣服，被身體壓過的地方孵出了兩三朵暈染開來的紅色圖案。他的眼光看著她，低聲下氣地說：「女人遲早都要找男人。你現在是我的女人，我會好好待你的。你叫我阿旺吧！」

她坐著，沒有看他，她的眼珠和身體一樣一動不動的。身體是她的，在釋放什麼信號她最清楚不過，這是例假來潮，沒有被眼前這個男人識破，她的初夜權已從鎮上瓜哥那裡換取了船票。她在不知不覺中翻過了自己待字閨中的絢麗的封面，青春的瓷碗中盛的是殘湯剩菜般的屈辱。只是，另一種感覺像穿堂風般把屈辱的感覺迅速清掃了：渡過怒海，能上岸，就值。

阿旺說他出去探探風聲，去和住在這裡的親戚電話聯繫一下，然後再來帶她離開。

破陋的木門口，雜草叢生。只是，她久久盯著木門口，盯得眼角淌出了淚水，也沒有看到阿旺回來。

在屬於女人這件漂亮的衣襟上，其他女孩繡上的是花，而她，一早就綴上了補丁。

有那麼一會兒，世界聾啞得沒有聲響。她伸手碰了碰衣角，姆媽縫進衣兜裡的兩元錢還在，裡面還縫著姑媽的住址。

她能夠恰到好處用來形容自己當時的處境的成語就是：兩手空空。她的本錢只有身體，這是她做女人的土地，是她求生存的田園，她顧及不到什麼樣的人來耕來犁，重要的是能夠有收成就行。

技能，是生存的首要條件，可是她只在中學打了一個轉，剛讀到初中就輟學出外謀生，惟一的技能便是所有帶草的織物她幾乎都會編出圖案來。當時鄉下一個下放的幹部看中了會這門手藝的她，生得聰明靈秀，說是以後官復原職後會栽培她。只是，等了三年，也沒能等到那一天。如今，她的那點編織技能在這裡不管用。

她聽從了姑媽的勸喻；能嫁就嫁吧！在這座女人過剩的城市，嫁出去就能站住腳跟，不愁無飯吃，還可以隨男人有地方住。當生活還局限在衣食上，所謂的住行只是奢想。於是在姑媽有限的人脈關係中，一個叫阿寬的地盤工成為她的丈夫。

她知道自己只是這座城市的邊緣人，能做到的便是先在這座城市安一個家，這個家可以簡陋，只要能夠用來安身。

沒有什麼迎親宴請，草草一筆也能畫出婚姻。

她感到自己的人連同心都掉在冰窟裡，任地盤工丈夫用打地樁的功夫翻動她的身體，她都不帶熱氣。好在丈夫不做要求，嘴裡不滿地罵一聲「冷血動物」，身體直管行駛速度。

婚後八個月，燕芯生下了一個兒子。早婚早孕，是別人的說法，只有燕芯知道每個故事都有翻版，內容大致相同，詳情卻有待考證。

她對男人的所有認識，都只是他們帶給她的做女人身體上的感覺。

燕芯能夠意識到自己墜入了社會的底層，這樣的生存狀態，顏面還沒有紙張值錢。能力沒有，學歷沒有，她惟一有的是做女人的身體的張力。

等有了家，她的內心開始鼓噪，總是在低層打轉，會永遠沒有出路。好在找到了身體的安放處，精神可以四處意淫。

她一直不缺乏的就是冒險的膽量，並懂得適當拿捏做女人的性感的火候，苦中帶酸地抑揚慾望。

她在一些男人從自己身上盤旋的目光中，拓展了她對身為女人的自我意識。這些，她當然不會拿出來和梅子分享。

「如果我有你那麼漂亮，早就得風又得雨了。」燕芯望著一直聽她說話的梅子說。

梅子從來不覺得自己好看，她的自信心一早就被繼母尖酸的罵語捅得支離破碎：你也叫好看嗎？也不撒泡尿照照自己。

只是，無論燕芯如何苦口婆心，梅子都走不進她那種層面上去，她有自己生活的中心和規範。似乎每個人身上都有一種天生的色彩，不論後天如何調配，最後都抹不淨那點原色。

梅子在想，她和燕芯的經歷不同，看到的事物不一樣，所以想要的東西也不一樣。

從虛幻中走出自己，香港於她，已歷歷可觸。

經過一段時間的打拼，梅子換了一家有名的餐廳打工並站住了腳。從餐飲部的侍應，部長，一路做下來，做到現在的主任。在她生命的辭典裡，不存在消極怠工，打拼，才能張顯出她青春的活力。她還在進修會計，她知道給自己充電的重要性，這裡到處都是學習的機會。

梅子從書中看到，白蟻中竟然女蟻為王，小小的螞蟻世界，也有工蟻和兵蟻之間的分工合作關係。她發現自己就是人類中的工蟻，忙碌和辛苦如影相隨。

在餐飲部時，每天數百個茶壺抓茶抓得手發麻，但是看到一路有薪水加，就像看得到有希望的階梯一樣，雖然辛苦，但一步一步可以向上走。

「捱得，就係贏家。」這是奶奶給她的鼓勵。她珍惜每一次升職和上司打入她的薪水中的對她勤懇工作的肯定。

這是下午茶的時間。顧客兩兩三三地離去，又三三兩兩地走入，空了的座位，總有人來填。

她的工作除了協調人事關係，還需要及時跟進、檢查枱面上的工作，了解餐枱上菜速度，組織服務員及時清台。

這天，梅子檢視餐廳的工作時，看見靠窗的位置上，有一位穿著方格T恤衫的先生不時在看手錶，似乎在等人。等她裡裡外外忙碌了一陣，看見那男人對面，多了一個身穿乳白色燈籠短袖的卷著髮的年輕女人。倆人最初還小雞啄米般，點動著頭壓低聲音說著什麼。

「我說不行就不行。」不久，女人的聲音放大，又說：「你是男人呀，為什麼不懂得為女人斟茶呀？」

男人有些手忙腳亂，起身斟了茶遞給女人。

女人要找茬，東拼亂湊都是理。

「為什麼斟茶這麼小的事，也要我來提醒呀！你做什麼男人呀？做點小生意都做不好，還想找我借錢，那麼沒用……」

面對這種公主脾氣，男人憋紅了臉，忍受不了了，猛地拍了一下桌子，想止住女人的聲音。

「發什麼威？算什麼男人，有本事掙大錢啦！」那女人拿起桌上的銀色手袋，轉身離開。

男人的眼睛沒有追過去，而是一口一口呷著茶。在大眾廣庭之下掀起的喧聲風暴，讓那男人的頭許久都沒有正一下，一直側向窗外。

「茶水很燙，慢慢飲。」梅子走了過去，重新斟滿茶水，送上了慰籍，提醒到：「先生，不要勞氣，傷身體。」

也許是梅子的聲音輕柔得令人如沐春風，也許是心中的苦悶急需傾訴。那男人告訴梅子，他只是想開廠做生意，需要現金滾動，平時放了一些錢在女友那裡，想不到現在想借都借不到了。

梅子說：「錢不在自己手上就不是錢了，你就當自己積善，當她在為你保管財物吧！」

梅子的話怎麼聽怎麼讓人舒心。男人抬起了頭，左眉尾的一粒黑痣，似乎給了他的面部一種特別的標記。他的脖子上戴著一根很粗的金項鏈，但被他周正的面孔矯正了幾分俗氣。他看人的目光是直擊式的，如果目光中灌上一點醉意，就像酒過三巡那樣，會讓被他看的人不得不避閃目光。

他打量著梅子，一件掐腰的工作服，修飾出凸凹有致的體型，尤其是笑起來，左嘴角的梨渦旋動著幾分年輕女子的嫵媚。

「女人，還是溫柔的好。」他把名和姓都告訴了她，好像怕她忘記，又取出餐桌上用來點茶點的筆和紙，寫下：林毅然。

愛，不打折扣地向她走來，令她幸福地以為，握住了現在，也握住了未來。

第二天，她收到了一束粉紅色的花，不是玫瑰，是郁金香。花瓣一層層擁抱在一起，也是一種盛開。花香一縷縷飄散出來。那包花的透明而有質感的塑料紙上，飾以紅色的緞帶。

「哇，好靚呀！」這束花，無異於羡煞了同行姐妹。女人最容易在別人的幸福中意識到自己的缺憾。

在她二十四歲本命年裡，能夠收到異性送的花，她有一種受寵若驚般的感動。這種收到禮物的感動以前有過，那是奶奶把領口、袖口鑲著花邊的淺藍色格子裙交給她的時候。

在一種年紀尚輕的世俗心理的暗示中，面前站著這樣一位可以在人群中撐起眼線的男人，比她最初要求的只要不猥瑣、不木訥、不狡黠，自然好上十倍百倍的了。奶奶說這是點香求來的，也是梅子前世修來的福，言下之意，梅子能得到這些與她敬神有關。因為高興，奶奶在這月的十五，特意起了一個大早，把門口的香燒得很旺。

接下來是愛情中的男女例行的內容：約會。她每個星期一天的假日都用在和他一起消磨時間了。

他在製衣廠工作，做「包工頭」。他比她早幾年來到這裡，對這座城市比她熟稔，哪條街道有著名的茶樓，哪個街邊有名吃小店，都可以大致羅列出來。

他笑說鑽石山地名的來源，還能說出炮台山的炮臺位置。梅子說，她喜歡杏花村這個地名，帶著酒香。他聽後笑了，說等以後發大財有了錢就在杏花村開一個酒家，但現在你最好別去。

那麼多年，毅然扛下了生活甩給他的所有壓力，人如玉似石，在工作中打拚，努力把自己溶入這座城市的血脈中，同化為香港人。

他是多才多藝的，還習畫，身上因襲了美術老師母親的遺傳基因。他帶她去過幾次他去習畫的老師蘭姨的畫室。在那裡，她近距離接觸到了印象派，粗糙的畫面中，深藏著精緻的情感。沒有非凡的毅力和濃厚的興趣，堅持不到他說的已用了三年時間在習畫。

「每次習畫，我都像似在跟我媽媽對話。」

他會吹口哨，偶然興起，輕輕吹兩聲，然後讓梅子猜猜是什麼曲子？次次他都搖頭，然後告訴答案：香港之夜。

他帶她去了很多地方，僅地名，就沾滿了古色古香的文化：大夫第，魯班先師廟……梅子覺得這座城市有她看不盡的珍寶，「麻雀雖小，五臟俱全」。這天，他又說要帶她去一個新地方，到了地點他再说出地名。

她隨他來到一個海港。似乎是有意踩上這麼一個時間點。已是傍晚時分，暮色蒼茫，夜光浮動，眼前閃現出一幅滄桑而朦朧的實景：海灣狹窄逼仄，大小不一的船隻似大閘蟹般擠靠一起，漂浮在海面上，波光輕輕搖晃著點點漁火。

「這是避風塘。」

「避風塘，多風光，點點漁火叫人陶醉……」歌聲在她耳邊繚繞成音。她想起以前在大陸時，躲在被窩裡偷聽「美國之音」聽過這首歌。那時，她還意識不到，生活就是一首歌，這首歌要唱好它不容易，稍不留意就會跑調。

他嘟起嘴，呼吸成聲，吹起了口哨。曲子剛成調，惹來旁人的目光。他說：「要去野外少人的地方吹，才無拘無束。」

「那我們去海邊吧？」

一聽到海邊，毅然的面色倏變，像有明暗交替的光線在他臉上來回穿梭。他下意識地輕輕跺了跺腳，似乎想證實自己腳下踩著的真真實實是他心目中的福地。

第五章

夜幕低垂

婚姻，讓她走上了一條甬道，這條甬道像是會生枝開杈一樣，一直往前，延伸出新的甬道。

經過一年的交往，小有積蓄的毅然給了梅子一個家。

這是一處填海填出來的樓宇，住在十二樓，可以從樓與樓的夾縫中看到海景。周邊的填海工程還在繼續。陸地在向海洋進軍。

毅然把房門的鑰匙交給她時，說了句：「一起踏踏實實過日子。」

梅子點了點，這，也是她所希望的。

毅然洋洋灑灑繼續表述著：我們也來一個家庭計劃，下一個計划是買車，接下來，要個孩子，再接下來要讓我的事業蒸蒸日上，然後，換更好的樓，買更好的車。我要讓你成為家中的女王。

這樣美好的家庭願景圖，令梅子陶醉。女王？她不去想，她只希望在期盼中收獲生活的圓滿。上帝造人，就是來讓人們築屋成家，爐火炊煙、子孫繞膝，就是最好的生活。

毅然在新房客廳的正牆上，掛上了一幅他的畫作，說：我只負責這幅畫的擺設，其他家俬，任由你添置和擺放。

畫面上，海的黛色和天的墨色渾然成一片，有一隻在海面上揚帆的小船。風犁萬頃浪，光蓋千裡濤。這是一種寧靜，寧靜得能聽出海風的聲音。好像描繪的是一場狂風暴雨後，又好像是一場新的海上颶風掀起來之前的風平浪靜的畫面。還有一幅是毅然畫出的福字，說是梅子喜歡。偌大的一字福字碧色淺淡洇染了整個畫面。

梅子帶奶奶去看她的新房。奶奶總是把梅子嘴裡的房說成是屋，還說：一人作福，福蔭滿屋。奶奶喜歡把過日子說成是釀日子。奶奶喜歡釀豆腐，釀梅子蜜，釀茄子，還會釀米酒，在奶奶的眼裡，生活是釀出來的，用上一份心思，才能把一份平常的生活釀出甜味。

奶奶用日益昏濁的目光看著待嫁的梅子，滿腹要說的話瘦成這悠長的一句：有咗自己嘅家，仲要記得嚟睇嫲嫲。

不知從什麼時候開始，她和奶奶之間的親密關係像是被時空攔截了一下。她們在同一個舞台上，卻用傳統的規範唱著各自的戲。落入俗套般，奶奶慢慢淡出她的視線，她的神思圍繞著毅然在轉。

梅子結婚時，奶奶掏出一個精緻的檀香木盒，交到梅子手上。裡面是用紅色絲巾包好的那塊「福」字玉珮。梅子在少時去龍城和奶奶見面時看到過它。玉珮晶瑩剔透，透出綠瑩瑩的色澤。梅子用手輕撫著玉珮的平滑溫潤，彷如觸碰到那上面儲積了的奶奶大半生的體溫。

梅子希望自己能夠從奶奶的呵護中孵化出一個暫新的自己，走進新的家。她記得自己說過，有了自己的家要帶奶奶一起住的，可是，面對狹窄的居住環境，面對現實，有些話似乎過了期就不管用了。

她好像是站在某一個拐點在和奶奶揮別，即使再不願意，都必須遵從冥冥中的一份注定。

所謂的親人，是因為在人生的甬道中有一次偶然的相遇，然後各自踏上另一條甬道後又有一次必然的別離。

「可以試試，通過紅十字會，找找你的母親。」當毅然知道梅子從小離開生母，便向梅子提議。

毅然比梅子還要注重親情，早年他逃港成功後，會省吃檢用攢下錢，買上一些生活用品寄給大陸的父母。只是不久，父母在貧病交迫中還未走入知天命之年便先後辭世。因遠離父母，沒有盡孝病床前，成為毅然永遠的心痛。他努力打拼，希望有朝一日光宗耀祖，以慰父母的在天之靈。

毅然最初是通過在織衣廠工作的姨媽帶入織衣行業，吃的是力氣飯。這些年來，工作經驗催化出智慧，把人際脈絡關係運用到得心應手。因為捱得苦，加上頭腦靈活，一步一步懂得變通，鋪就出一條自己的生存之道，剛剛擁有一家小型的製衣廠。

結婚時，毅然說：「在香港我們都沒有什麼親友，不如旅遊結婚吧？去泰國。」

梅子當然願意，一來可以省去設宴、發帖、陪席、回禮等一系列的應酬，再則她想去外面的世界看看。

她一邊翻著地圖一邊說：「我們去布吉吧？那裡的海景美。」

「太遠。」一提及海一想到水，毅然的面色就凝重，立即拒絕。停了停，說：「去曼谷吧！」

這是一個宗教色彩濃厚的國度。一抵埗，毅然就帶她去了一座寺廟。寺廟離曼谷遠，數小時的路程。邁入寺廟，出於小心，他們更多時間只用來靜觀神像。

毅然喜歡這樣的環境，說小時候父母都拜神，但因為「破四舊」，家中的神具被那些造反的人砸碎了。說到這裡，毅然嘆了口氣，轉了話題，小聲告訴她：泰國男人每人都要出家一次。

「在這裡，出家後的男人才是真男人。」

「不是很明白。」

「異地文化有時也可以用來重振自己人生的信念。」

「還是不明白。」

「因為我不用出家呀！」

毅然說時聳聳鼻子聳聳肩，露出俏皮的一面。

他們在寺廟裡求得兩條紅線手繩，上面串著五粒佛珠，據說可以去煞保平安。毅然滿心虔誠地捧著紅線手繩，嘴裡喃喃自語：紅線繩，紅線繩。似乎這次來就是奔手繩來的。

回港後，梅子把紅線手繩小心放置起來。

「為什麼不戴？」看到梅子對這條紅線手繩不以為意的樣子，毅然問。

「需要做事，擔心弄濕。」

婚前的許多習性，無論好壞，似乎都在一把叫做自我陶醉的折扇中用一種優美的方式折疊起來了。婚後，這把扇子一經抖開，紛紛揚揚而出的就不盡是些香氣了，還夾雜著生活中的一些碎片，有的殘缺不堪，有的還帶著因捂久而生出的帶著霉點的圖案。這個時候，藏著掖著都不可能了，也就只能看著雙方的矛盾在上面像細菌一樣滋生出來。細菌，也能成為美味的食物，比如蘑菇，如若能調出適當的口味，擁有這種口味的男人或是女人在婚姻中，何嘗不是贏家！甚至還可以懞懂地用雙贏來自我標榜一下的。只是，這樣的男女不是多數。

這個夜晚，新婚中的梅子擁著毅然熄燈剛要入寢，窗外飄來這麼一首歌，冉冉仙樂般。

Hong Kong，Hong Kong，

和你在一起，

我愛這個美麗晚上，

有你在我身旁……

毅然聽後，輾轉難眠，索性坐起。

「你有故事，能說給我聽嗎？」梅子一早就發現，毅然被內心的故事折磨著。她想幫他解憂。

「偷渡，聽嗎？」

「只要和你有關，聽。」

對岸的繁華放射出無窮的魅力，誘引著不少掙扎著的年輕生命鋌而走險。

這是八月，炎炎夏日，南方的天氣在持續的高溫中似乎上升到了頂點。當了三年知青的毅然，住在茅草屋裡，過著放幾粒工業用的糖精也能沖出一碗糖水來的生活。青春似在荒野中流放，深思熟慮後決定參與一次冒險行動。

這年初，河對岸「大赦」消息一經傳來，似一股龍卷風般襲捲著一些被苦難捆住手腳的生命。他們想借偷渡的方式令落入困境和絕境中的生活起死回生，

自從到鄉下接受「再教育」，毅然的城市户口便被注銷了。祖輩幾代人的努力，涉足士學工商，到了他這代，牢牢釘在了窮鄉僻壤的農村。青春被放逐到了荒野，草草而就的生活令人窒息，

前途慘澹的他，只要周圍發出一點風吹草動的聲響，便會挑動起他內心的不安份，腦海圖騰起一個大膽的念頭，那就是—偷渡。

經過一番深思熟慮後，決定行動了。因為知道是冒險，擔心回不來，行動前，回了一趟龍城，探視父母。那時被定性為「反動階級」的父親在民國時期擁有自己的一家綢布店鋪，後來店鋪被沒收為公有。父親因動用了店鋪內的一筆為數不多的資金想用來補貼家用，被人查出，而定性為貪污分子，坐了七年牢。出獄後，整個精神垮掉，生活依賴於在學校做美術老師的母親。

父親似乎知道毅然要去做什麼，只是用無奈的眼神予以了默許。沒有出路時，絕路都有可能成為生路。相比於父親，他還有背井離鄉、跋山涉水的能力和勇氣。

然後，毅然帶上女友雲霞一起去了他在翔村的知青點。

雲霞是他幼時的鄰家女孩，年青的心單純得對愛的定義就是內心的一種喜歡。倆人年少時彼此暗生情愫，雖然後來毅然家道中落，但他多才多藝，對雲霞仍有著不可抗拒的吸引力。

要不要雲霞一起去，毅然是猶豫過的，他不想把雲霞帶進危險。可雲霞聽了毅然的計劃，說她的父親是學校的體育老師，她三歲學游泳，泳技比他還高超。一番話，讓毅然堅定了帶她同渡的決心。

「上岸後我們一起去看避風塘，看鐘樓。」雲霞高興地說，烏亮的眸裡閃現出夢境。

他們一起偷聽過「美國之音」，聽過鄧麗君唱的〈香港之夜〉。雖然沒有聽懂歌詞中「拍拖」是什麼意思，但乾涸了的心田被美妙的歌聲一滋潤，向往和夢想擁擠著生長。雲霞喜歡聽毅然吹口哨，他就把這首歌不是很熟練地吹給她聽。

雲霞的左嘴角有一粒黑痣，毅然常常笑著看看它，再用手指點點自己左眉角的痣，說：「一上一下，這叫夫妻相。」

毅然找到在另一個知青點的東進，他們是高中的好友。從一個生產隊到另一個生產隊，腳步很勤，倆人三番五次在一起合謀。東進說他的孿生弟弟西進也想去。可是四個人，四是不吉利的數字，他們需要好意頭，最好再添兩個人。於是東進又找到了他所在生產隊的社員阿勇和阿志，多兩人同行，可以壯膽。通過阿勇他們還聯繫到了船。這倆人的關係形同手足，有過偷渡的紀錄，被民兵抓到後，一起蹲了三個月的看守所。倆人出來後不思改過，心想留在這裡如同死蟹一隻難以翻身，再有，他們剛和生產隊長的兒子打了架，這還了得，趁嚴重後果來臨前儘快出逃，倆人大有躍躍再試的勁頭。

如果說是去偷渡，似乎在把自己刷黑，當成了反面人物，毅然他們可不這麼想，他們一起把這叫做：冒險行動。他們內心叢生出不亞於去征服太平洋的壯烈豪情，因為沿途四周佈滿了哨卡，還有山上的巡邏隊，水上的巡邏艇，沿途有狼狗追，有子彈飛，怎樣看都是險象環生。

東進有過兩次冒險的經驗，被捉回過，少不了被人一頓拳打腳踢，因為他反抗。然後一次比一次關押的時間長，雖然只是羈押個把月或數個月，但不把人當人看的滋味如坐火炭。

東進說：「事不過三，如果這次再被捉住，就宣布洗手不幹了。」

行動前，他們觀天象，占卜測相，一起玩「仙術」，到最後，心理的關口憑的還是一個：聽天由命！

臨走前，阿勇從衣袋裡掏出一大把乳白色的型同汽球狀的塑膠物，說：「這是避孕套，我姐姐是赤腳醫生，這是積攢了半年的收穫。」

「用這個來做什麼？」雲霞取起一個又放下，羞紅了臉問。

「吹大，可以在水中當浮飄，關鍵時可以救命。除了山路，還有水路等著我們。」阿勇說完，黝黑的手又抓出一把放在雲霞手上。雲霞也不管不顧地當寶貝裝入了自己的衣袋。他們的生命被投放在不同細小的物件上，可以隨這些物件存在，也可能隨它們消失。人在命運面前，卑微得一如顯微鏡下的微生物。

那時在學校讀到的有用知識遠沒有必須背誦的紅色語錄多。冒險行動需要通過路線、工具、方法、判斷等來制定「戰術」。他們腦海裡的那麼一點所謂的「戰略戰術」，也是從看過的有限的電影「地雷戰」和「地道戰」中學來的。只是，什麼「敵進我退，敵退我追，敵疲我打」，沒有一樣可以在冒險中直接套用，只能反用。人海戰術，更加行不通，也不可用，因為目標大。

記憶中的時針總是在晚上九點停擺。

那都是些見不到光也只能選擇不見光的夜裡的穿行，實際上，他們穿行在死亡線上。他們高一腳低一腳行進在夜晚風號影動的荒郊野嶺中，芒草和荊叢被氣喘如牛的他們穿過後又在他們身後迅疾彈起。疲乏和恐懼追逐著他們，懸崖和峭壁在等待他們。他們不是不害怕，而是亡命般忘記了害怕。他們比誰都知道命懸一線是提著腦袋在冒險，他們在用膽量挑戰死亡。

阿勇他們在前領路。

臨行前，雲霞用紅線織出了三根皮筋般粗細的紅線手鏈繩，帶蝴蝶結的，織了兩條，一條戴在毅然的左手上，另一條戴在自已的右手上，說是紅色驅邪擋災。她又用一根纏著紅線的粗繩將戴著紅線繩的兩隻手連在一起，手和手之間的紅繩可以拉開一米多的距離。

他和雲霞不能十指相扣地走，山路太窄，只能一前一後。倆人走在後面。

月黑風高，走到陡峭路段，天上的那點星光照不到他們身上。他們在瞎燈黑火中摸索著前行。毅然讓雲霞走在前面，自己在後面照看著她走可以安心。他們不敢問前路在何方，只知道心中有盞燈，腳下就是路。

大家摸黑在攀爬一處石壁。

「啊！」

毅然抬頭用目光追索著前面發出慘叫聲的雲霞，右腳一下踏空也隨即一同掉下去。只覺得身體騰雲駕霧後在樹枝的斷裂聲中停了下來。

驚魂甫定後，他抬起左手拉了拉，手上的紅線被牽扯著沒有斷，他順著線摸索著，直到撫摸到了雲霞柔軟的手臂。雲霞在一陣顫慄中已說不出話來。他緊緊擁抱住了她，用自己的體溫告訴他，有他在，不要怕。然後用雙手扶起她。還能活動四肢！這使倆人慶幸不已。遠處左上方的東進打開電筒在一步步靠近他們，借著微弱的亮光，他們發現竟然墜下了幾層樓那麼高的懸崖。倆人相互攙扶著，顧不上皮肉是否綻開是否淌血，趔趄著腳步走出險地。

倆人都知道腳下是一個個遇難者的屍體壘起的厚度，避免了他們重重墜地的危險，成為阻擋他們與死亡相接相連的屏障。薰人的氣味令他們不忍聯想到是臭氣，擔心這樣的聯想是對逝者的不敬。他們在別人的屍骨中暫時存活了下來，繼續前行。但毅然和雲霞誰都沒有說出他們的腳下踩過的是些什麼，恐怕說出來會嚇壞對方。

毅然記憶轉動的磁帶，突然間隨一葉小船顛簸在洶湧的海浪中給卡住了。

他們被巨浪掀入了水中……

有的痛，注定了只能留給自己，一生都躲不掉。

毅然講到這裡，呼吸有些急促，好似雲霞就在他眼前，他可以撫摸到那張年輕光滑、輪廓分明得可以彈奏出樂曲的臉……

他一直等待梅子用願意傾聽的方式來推開他的記憶之門，借著窗外輕飄如羽的歌聲，

他啟動儀式：先沉吟了一下，接著神情凝重，然後娓娓訴說了起來。

只是他掩去了有關那條紅線繩的細節，他把雲霞藏在心中。有些痛需要留給自己，這痛，用了十幾年，時間還是沒有幫他醫治好。

梅子聽著故事，聽出了有一個女人在這個故事中時隱時現。她知道他的故事還沒有講完，反正以後有的是時間，她這樣想。

她理解性地去撫摸著他的已經長出鬍渣來有些扎手的面頰，又去撫摸他伸向自己的手，想用女人海綿一樣的溫柔，吸走他內心總是無法散盡的寒意。相比之

下，她沒有冒著風險來香港的經歷，因為有她的奶奶在等候他們一家。

在她的安撫中，他的身體得以舒緩，伸展，慢慢向她傾斜過來，然後淪陷於她嬌喘陣陣的氣息之中。

第六章

憶海浪花

這天下午的陽光和其他尋常夏日裡的陽光沒什麼兩樣，周圍濕熱的暑氣在海風中徘徊不去。

初秋，藏在一場又一場的暴風雨中，似乎沒完沒了。

每年的八月，毅然都會去一個地方，去念，去憶，去祭，那是他當年冒險渡過的海灣。梅子想和他一起去，他沒有同意，說是一個人去海邊是想靜一靜。年復一年，去一次，心情都會被往事攝住了一般，回來時神情都會凝重好幾天。

在婚姻中磨合，生養都需要有計劃，他們是在結婚兩年後，才迎來了新的生命——傑仔。

有了孩子，梅子辭去了工作，做起了專職家庭主婦，生活中的大小關注點全部聚集在了傑仔身上。她沒有接納毅然的請菲傭的提議，覺得自己一人可以帶孩子，正如奶奶所評價的那樣：捱得苦。

又是一年的八月，毅然一如既往地又要去海灣。梅子把傑仔交給奶奶帶，堅持要跟著去。要去的地方在這座城市的西北部，搭車，搭船，有兩三個小時的路程。

每次去，毅然都希望雲霞有一天會出現。後來有一天雲霞真的出現了。

海岸線優美地彎曲，在海浪的沖刷中，帶著少女肌膚般的天然彈性。

梅子和毅然拉開距離，一左一右地出現在海灘上。

遠處，有一老人闖入他們的視線中。老人帶著一隻可愛的小狗，在沿著海邊散步。梅子不禁想起《老人與海》中的那位老人，慈祥而堅毅，渾身都是海的色彩。她緩步迎上去，和老人打招呼。老人戴著眼鏡，額頭上的皺紋被陽光拓出一道道的溝痕。她嘗試用眼力篩選出他的身份，可是，一切都不在她的猜測中。

老人說他是這個島上的原住居民。他舉起左手比劃出七的數字，然後如數家珍般告訴梅子，他是住在這裡的家族中的第七代，他的太祖是廣東人，一百多年前划船來到了這裡，因為魚多，而且住在這裡安全，於是世世代代居住了下來。接著，老人補充了一句：「吾心安處是吾家。」

「您去過海對面嗎？」梅子敬重地問。

「十幾年前去過一次。早前那裡是一片農田，現在在變。」

老人用手往右前方指了指，說：在那個方向。頓了頓，又說：有一年說是有特赦，很多人游過來，危險呀……

老人雖沒有把話說透，但梅子眼望茫茫海天，明白老人話語中危險的含意，並想像著毅然他們泅渡時的那種驚險。

「他們是游過來的嗎？」

「也有坐船，船小呀……每天岸上都看得見屍體……可憐呀！」

「都是男人嗎？」

「也有女人，大都是些年輕人呀！」老人說到這裡，嘆了一口氣，嘴角有些下彎，明顯地陷入回憶，又說：有些戀人，用繩子套在手上……

老人離開後，梅子順著海岸線繼續往前走。她明白了毅然為什麼那麼在意那根紅線繩。

留在岸邊的沙，被歲月堆成了回憶，即使俯身，也不可能一一拾起。

在海灘上，像是相約而來，毅然的身邊，出現了另一個身影。見梅子走過來，毅然介紹說：「這是東進。」

這個名字，梅子在毅然口中聽到過多次。毅然是以生死之交來憶述東進的。梅子還看過他們一起在海邊的合影。面對面後發現，東進的面頰比照片中還要瘦削些，大眼挺鼻，周正的搭配如同江南園林建築中水石巧妙相映，構成整个面部的主景，一綹旋捲的頭髮，很自然地貼在左側額前。這樣的男子，山靈水秀般，卻沒有得到生活太多的惠濟，接二連三的家庭變故，他的人生之舟擺渡起來，似乎比常人吃力。

天空像是被颶風掃蕩了一夜般，呈現出水瑩瑩的湛藍，炫耀似地佩著一大朵一大朵白得透青的雲團，把大海襯托得注滿神思般迷人。

一直有一些傳說，從這裡流傳開去。說是子夜時分，海面上，浮蕩著綠火般忽閃忽熄的鬼魂，甚至在哨卡的懸梯前把鐵鏈搖晃得咔嚓咔嚓地響。他們有時成群結隊地凝聚成一片片的霧氣，青煙色的，濕濕地浮在空氣中；也會起伏成一聲聲浪濤的嗚咽聲，不時夾雜些「渡啊，渡啊」的喊叫聲。那些聲音，虛實不定，一半籠罩在盛夏墨綠色的陰影裡；一半陽光照耀，呈現出泛濫的白光。

毅然像是做了個夢，他被這個夢擒住，一切恍惚地回到十五年前……

有的記憶只能留給自己，一經打開，斑駁陸離的光影中，看得見心痛。

記憶給往事放生，只是，一經打開記憶之門，疼痛便會被扎出血，一滴滴滲出來。

毅然一直這樣認為，如果自己不透露冒險計划，雲霞是不會跟隨著去的。他和雲霞小時候做過鄰居，在一起玩過跳房子，還一起滾過鐵環。雲霞在她初中畢業後就進了地方歌舞團，後落戶到一個縣城機關做了宣傳幹事，吃的是皇糧。那時他當了知青，喜歡畫畫，被生產隊長推薦，參加縣裡宣傳部門舉辦的「萬眾一心」書畫比賽時，遇到了雲霞，倆人就彩雲伴月般地好上了。

那天，他們翻越了山高壁峭的生死地帶，在恐懼中奔向岸邊。船隻出現了，那是一艘和阿勇他們接應上的小船。

只是，許多人像在山上一夜間長出來一樣，突然現身，蜂湧到海邊。那艘小船嚴重超載，搖晃不前。有一位母親拚盡全身的力氣把自己的小兒送上船後，雙手牢牢把著船沿想奮力上船，被船上一個壯男看見，對著她那瘦骨嶙峋的手背狠狠地跺了幾腳，那母親的手一鬆，掉入海中，被疾速而來的海浪吞沒。船上的男孩哭喚著母親，但哭聲很快便被另一個惡狠狠的聲音截止了：多上來一人死一船人，你再叫，把你也掀下去。

人人自危，仿佛這世界只剩下自己了。

小船在黑沉沉的大海中飄蕩，死亡離誰都不遠。海上驟起風浪，小船一陣猛烈地搖晃，那母親用性命托上來的男孩連叫一聲都來不及，就被風浪掀出了船外。再一個浪頭襲來，小船灌滿了水，一船人隨著下沉的船身一一落水。

毅然和雲霞緊握在一起的手鬆開了。他們以為坐上了船就一路通往彼岸，想不到再來一個驚天的巨浪，把他們一起掀進了波瀾之中。

同時也掀出了早就灌滿了毅然腦海中的紅色語錄：一不怕苦，二不怕死。

「一不怕苦……」這些紅色語錄，是他渴求知識時灌進腦海最多的東西。如今，身邊伴隨著雲霞，在海浪中一起沉浮，不知道這些海浪是在把他們向前推進，還是要把他們沉入海底。

在他讀書時，上課前，全班起立要默誦紅色語錄，由班長開頭，如果班長一時興起，領讀一段最長的語錄，其他同學便要陪著多站一些時候。班長說：「與天鬥其樂無窮！」其他同學齊唸下句：「與地鬥其樂無窮！與人鬥其樂無窮！」

在社會上，紅色語錄被人當作接頭暗號一樣在使用，走進商店要買生活用品哪怕買一條毛巾，顧客一句：要文鬥。買一條毛巾。

「不要武鬥。」服務員隨聲接應下一句，然後遞上毛巾。

「人不犯我，我不犯人。買一個痰盂。」

「人若犯我，我必犯人。這是找你的錢。」

那個時候，智商的開發靠的是誰背的紅色語錄多，有人能倒背如流，因而成為讀書先進分子。

紅色語錄似乎就是那個時代為他們度身訂造的，當他會背誦後，就發現成長的過程中常遇到難以承受的苦難：挨餓，挨苦，挨驚，父母挨鬥，自己挨罵，似乎永遠沒有止境地挨著一切，如今又要挨險。

「二不怕死……」他從小唸著這些紅色語錄長大，用它來為自己成長的每一個階段加油鼓勁。下鄉插隊在農田裡累得直不起腰骨時，他唸著它；因為家庭成份不好被人欺負，他舉手反擊時，也唸著它。從小老師教導他，為了集體財產哪怕是一棵樹木不受損失，寧肯犧牲自己的生命也要保護國家財產，樹比人命重要。他所在的生產隊裡有知青就這樣做了，為了在洪水中搶救一根隨水漂流的樹木而被急湍的水流捲走，生命如草芥般沉入歲月的河底。如今他在水流中奮力抗擊，是因為他想活著，他想和心愛的雲霞一起好好地感受一下身心放鬆、自由活著的滋味；他想和雲霞一起手拉手去看香港的鐘樓，還有避風塘的風景。他倆交往了一年，在一起的時候，還不敢公開拖過一次手。那時，好像到處有眼睛在盯梢他們，害怕稍有不慎，或會被人視為「行為不檢」。

二十初頭，生命本應放射出燦爛的光華，可是他感覺不到這是他人生中最美好的青春期，他和同伴們用了大半年的時間，偷偷摸摸幹的是準備偷渡的事情。

他不知道這些紅色語錄在這個時候是否能夠救得了自己，就如他還不知道究竟是什麼原因造成他鋌而走險一樣。一個接一個巨浪在把他游渡之前用已餿臭了的糯米團補充過的體力耗磨罄盡。

海面比他想像得寬，撲來的驚濤駭浪比他想像得更肆虐、更瘋狂。

不知道游了多久，海水似乎快把他身上的體溫吸光了，他感到了冷。雲霞呢？剛才他還能看到她束好了的棕黑色長辮在自己身邊海面上漂浮，頃刻之間，他在一浮一沉的奮力掙扎中看不見了雲霞了。他想回頭找雲霞，可是沒有了力氣。他在海水中撲騰著雙手想去抓住雲霞，可是抓到的是滿手的海水。雲霞那麼柔弱，她需要他的幫助。他答應過她，要一起去對岸看鐘樓，看避風塘的漁火。可是，他連叫她的力氣都沒有了，精疲力竭的他被海水衝擊著，被海浪翻捲著，好像沉入了海底，又好像飄浮在了海面。

他感到自己的身體在漸漸往下沉，又感到有一雙手的力量在水底把自己往上抬，然後猛地一推，一個浪頭打過來……

醒過來時，他發現自己躺在海灘上，衣不遮體，像是從原始的山洞中走出，身掛一些荊枝藤條來到人間。

旁邊站著一個五、六歲的小女孩，平靜地看著他，看著眼前的大人躺在他自己也分不清究竟是天災還是人禍的昏天暗地之中。眼前的一切，也許是太小看不懂，也許是看多了看慣了，她晶亮的雙眸中，無驚亦無悚。

他坐起身，看見了不遠處的東進，跪坐在沙灘上向著大海用微弱的聲音，哭喊著他的渺無蹤跡的弟弟西進。

遠處有好幾具衣不遮體的屍體，有的沒有腿，有的沒有臂，還有的沒有頭。不知道裡面有沒有阿勇或阿志。

雲霞呢？

「雲霞，雲霞。」意識恢復後，他看著左手上斷了的紅線繩，感覺到生命被肢解了一般的巨痛。他想喊，但喊不出聲；想哭，身體中的所有器官失去知覺般，僵硬得碰不到淚線。

他只是緩緩爬起身，半裸著身體，沿著海邊對著浩瀚的大海，走幾步嘶啞著聲音喊一聲：雲霞。咽咽嗚嗚的悲鳴中，誰也聽不出究竟是他還是海浪發出的哭泣聲。他把海浪推向岸邊的那些屍體翻看了好幾遍，像是在無驚無恐翻看著從天而降的長長的訃告，希望出現奇蹟，能夠找到那個穿著軍色衣服，梳著兩根長辮的活著的雲霞。

「雲霞……」像是被人卡住咽喉，仍然放不出聲。直到終於能喊出一聲「雲霞」時，卻一頭栽下去，昏倒在沙灘上。

「你哋兩個好彩呀，未遇到鯊魚。」好心的島民把他和東進帶進自己的漁村，給了他們食物，還把洗乾淨了的衣服拿出來，讓他們換上。

「我不該帶她冒險。」從此，內心深處埋下的懊悔和歉疚，經年累月，海潮般浸苦了他的心。

以後，他常來這裡，附近漁村的漁民們把他要尋找的女人一個傳一個，許多熱心人一起拉起一根尋人的隱形線索。

要改變一個人，環境比時間來得迅速和徹底。

再傳回給他有關雲霞的消息時，已經是六年後。一得到消息，他便租了一艘小船，駛向載著雲霞的那條漁船的水域。

船愈靠愈近。他看見遠處一條漁船上，坐著一個蓬髮掩面的女人。那是一個目光呆滯的女人，一臉麻木得連躲開別人注視的能力都似乎喪失，眼瞼一直下垂，面無表情，正在給她懷裡的幼兒餵奶。旁邊齊刷刷還站著兩個頭髮稀疏的、不時在吮著手指的小女孩。她自始至終沒有抬起頭，就別說看他一眼了。也許借著眼角的餘光能夠看見他或感應到他，又或許是真的沒有看見他。已經六年，只是六年，水上漂泊的生活已經把她風浸雨蝕成粉嫩盡失的另一個女人。如今她已不再是那個明眸皓齒的、能唱會跳的雲霞了，而是一個習慣打著光腳、戴著斗笠的漁婦。除了奶孩子時胸脯袒露出懷中的幼兒抓不住的一片白之外，面頰及寬大褲管中露出的腿部的膚色，濾得出黝黑的油汁來，這和地道漁婦的膚色並無二致。

「那天，船老大救了她。」傳消息的人告訴他。接下來的話雖沒人跟他說下去，但他知道了那漁夫佔她為妻也不為過，畢竟沒有讓她葬身海底魚腹。她成了水上新娘，過的是真正海上漂泊的日子，不能上岸，不然會遭遣返。

她一直低著頭，似乎難以再在人前抬起頭來。陽光照射著海面，粼粼波光，映照在她的臉上。她圓圓的面頰瘦出了稜角，但雙乳飽滿，她懷抱中的孩子不會啼饑號寒的。

她坐著她丈夫的漁船去過了避風塘吧？那鐘樓傳出的一聲聲清亮的鐘聲，飄泊在海上的她聽得到嗎？

在漸漸遠離她的漁船時，他含淚吹起了口哨，是一曲〈香港之夜〉。

他們兩個手拉手，
情話說不完，
卿卿我我，
情意綿綿，

寫下一首愛的詩篇。

Hong Kong, Hong Kong,

和你在一起……

這是一個風平浪靜的黃昏，小船在晚照中輕輕搖晃出〈漁光曲〉的旋律，清脆的哨音隨海風傳送。那幼兒的小嘴離開了她的胸脯，好像在好奇地聆聽。以後，每年的八月來這裡，遙祭，追思，緬念，各種心情交錯。他忘不了他心目中的雲霞。

梅子站在岸邊，無論如何也想像不出人們捨命渡海的畫面。她在內陸長大，對大海有一種一見鐘情的迷戀。

昨日彷彿擱淺在岸邊，往事在浪奔浪流中湧上記憶。

夕陽斜照中，梅子踩著被海浪鋪平後又被毅然和東進一左一右踩出的腳印。左腳踩下旭日，右腳又踏出黃昏，時光在悠長中變得急促而短暫。

「當初有人說，死也不帶回去一根羽毛。說這話的人即使沒有歷經九死一生的渡海艱險，心中也已烙下了命懸一線時不可磨滅的印跡。可是……我們的故土在海那一邊……」

東進沒有把話說下去。當初他們一個個冒死來到這裡，做苦力，每個月都會省吃儉用攢下一點血汗錢。那時候的內地實行的是配給制，物資匱乏，為了孝敬父母，這些拚死來拼命活的偷渡者們，許多人用省出的血汗錢買來物品，寄回給大陸的親人。寄錢還是寄物？東進不是沒有猶豫過，因為寄物品需要一筆郵寄費。那是一艘商船，上面載滿了日常用品。當東進知道這艘商船來自哪裡時，不知為什麼，他抱著剛買來的物品坐在商船不遠處，號啕大哭起來。

最初東進決定參與那次的冒險行動前，去了一次大西南，探望下放在那裡的被定性為「反動學術權威」的父母，在心中作了一次告別。像是預測準了似的，不久，他的父親客死異鄉。母親因此精神錯亂，囈語欽點了她的全盤生存內容。對父母的疚意纏牢了東進，他後來所有的努力就是把母親接到身邊一起住。等這一天終於實現了，婆媳之間的不和，在狹窄的生活環境中把四面牆壁都碰撞出刺耳的煩躁聲。無論東進如何苦心相勸，太太依舊赤膊上陣般大有不獲全勝絕不收兵的決心，直到有一天母親出門沒有回來，等找到時，認領的卻是母親的骨灰。從此，東進的心在自己和太太之間劃出了一片禁區。當又一次移民潮到來，他幾乎不假思索地選擇離婚後移民去了澳洲。如今在墨爾本開了一家電器店，有節有章地過著簡單的日子。

東進這次是從澳洲遠道而來，回來處理一些後尾的事務，順便再來這裡緬懷。他憶述往事時不時抿緊嘴唇，抿出一種隱忍和堅定，讓人很容易感受得到。

當絕望爬滿朽木支起的窗臺，
當貧苦壓得人喘不過氣來，
我渴望一瓢清水的甘甜，

我渴望一縷柴米的炊煙，
如果一切都是虛無，
如果一切都是徒勞，
就讓我探出頭顱，
對著怒海高喊：
我要奔你而來。

東進更像是在吟誦，渾身張顯出一種生命的活力。而確實，他吟誦的是一首他以前在困境中寫下的詩。毅然說這首詩歌東進給他看過，他還記得這首詩歌的題目是：〈奔自由而去〉，東進寫出了他當時內心的感受。

他們那一代人大多是靠青春的激情存活的。這首當年寫的詩像是東進人生之舟的槳板，幫助他擺渡，渡過生活中無數的急流暗湍，努力活出人的模樣。

梅子留意到，東進始終在沙灘邊緣上走。他一頭濃密的頭髮，蓬鬆著交替穿梭的光影。他在海風中甩頭揚髮的動作，宣揚出一種灑脫和不羈。海浪喧嘯翻騰著湧上岸，吞吐著細細成堆的黃沙。或許是他想起了沉入海底的西進，他的眼神閃爍出一抹意味。

在時代的大潮面前，進和退都是一種選擇，有時是迫不得已，有時是進退兩難。面向大海，東進想著更深更遠的東西，他想到一種大逃亡，想到一種時代的背景，他的內心深處蟄伏著一種恐懼。

那次的死裡逃生後，東進和毅然一樣被連番惡夢圍追堵截。

從那以後，他不時發惡夢：一場世紀大洪水，淹沒了俗世的荒誕夢。正在開天劈地的人們，忽然發現跟天鬥、跟地鬥，都不能阻擋天地發怒、讓洪水淹沒一個個的村莊。人們在恐懼中蜂擁至岸邊，尋求一條可以逃生的船隻。當天地一片昏暗時，每個生命都是船，都是帆。人們用悲壯的殉海的方式來拯救自己，在暴風驟雨製造的天昏地暗裡，粼粼白骨就是閃電，照現出世紀洪荒。

在悠悠歲月中，東進雖然脫去了「知青」的外衣，但永遠保留著它閃亮的內核：堅忍，吃苦，耐勞。艱難困苦鑄造了他不屈的意志，如此旺盛的生命力，在任何地方都可以站穩腳。

這樣的吃苦精神，經過日耕月耘，不僅在毅然也在東進的身上閃現。

梅子看著東朗誦詩時的那種神態，他額前的一綹問號式的卷髮，給了她一種似曾相識的感覺，像窗外朦朧的月影，近距離在眼前搖晃，搖晃出隨著光影閃現出的那個幫她扼制竊賊的大男孩，那是在一列向東奔馳的火車上，他就坐在她的對面。他依舊深陷的眼窩，讓人讀出目光的深邃。

「很多年前，你坐過火車去過大西南？」

「你怎麼知道？」東進眨動著他的一雙炯然有神的大眼，點著頭。被沉重的歲月壓扁壓得板田一塊的記憶被翻鬆了，惟一一次往返東西一條線上的乘火車的經歷，對他來說，刻骨銘心。

「還記得那瓶水果罐頭嗎？大男孩。」梅子的情緒似乎吸收到了記憶深處清涼的水份，格外地飽滿。

「小女孩。」東進也驚喜地叫起來。他一直在想，當時留下的水果罐頭，那個小女孩能否吃到？

時光飛渡，這十幾年的歲月之輝在不經意間又似乎帶著某種刻意，在倆人之間閃耀了一個來回。

「你們早就認識？」毅然問。

「是。」梅子和東進不約而同地點了點頭。

毅然看著倆人在午後的斜陽裡，眉飛色舞地話當年，笑說：「歲月中有一根無形的絲線，到最後會把我們一個個串起來。」

面對歷歷往事，毅然沒有太多的情緒起伏。他覺得失去的東西，生活又在不同的地方給予他補償了，況且，那是一個時代的不幸，芸芸眾生皆然，他不想在細節上糾纏，現在，有了賺錢的機會，他的精力放在了能夠光宗耀祖的生活新體驗中。

梅子站在一邊靜靜地聽著兩個男人之間的訴說，兩種心境，她都能理解。

「這是我墨爾本的住址和電話，還有郵址，別忘了聯繫。以後來澳洲旅遊，我當你們的導遊。」東進說著，遞給毅然一張便條紙。

「好，等孩子大些，我們全家一起去澳洲旅遊，到時來找你。」毅然手上正握著幾粒剛拾起的貝殼，讓梅子把地址收藏好。

從海邊回來，毅然把大家帶到一家餐廳，為東進餞行。

微醺之中，東進說：我走，並不僅僅是為了躲開我的前妻。我……害怕……那海浪捲走了我的弟弟，它會不會……也捲走我……

毅然沒有接過話題，只是在勸菜。

回去後，梅子翻出了那根從泰國帶回的紅線繩，重新戴在手上，但似乎時過境遷般，沒有換來毅然留意的目光。許多的心情伴著期盼，跌落了，便難再拾起。

婚姻中的磨合，一如在生活中打滾，磨合得好，無懼風聲鶴唳，只是一不咬弦，往後的路，一步一個隱患。

這些道理，梅子不是不懂。

玲玲把一個家攪了一個天翻地覆。

這個週日，按常規，梅子和毅然帶著傑仔去探望奶奶。還在門口，屋內繼母的尖聲利嗓就已刺破了空氣，傳了出來。

「你和那個叫阿旺的人什麼時候來往的？你不要以為我什麼都不知道。」奶奶開的門。奶奶把食指壓在唇邊，示意梅子別出聲。

「我又沒做什麼壞事，怕什麼！」玲玲站在閣楼口，蹬着她的乳白色鬆糕鞋，準備外出。

「找什麼男人不好，要找一個黑老大？還大十幾二十歲的！祖宗八輩子究竟積了什麼陰德呀？」繼母的臉分裂成兩種色彩，半灰半白，下巴底的贅肉顫動不停，氣急之中把「黑社會」都沒說齊全：「找男人總要圖點什麼吧，啊，圖不了一個很白的，也不能圖太黑的吧！」

玲玲從閣樓上提著背包走下來。她中學畢業後宅家兩年，站在復讀和待業的中間無所適從。有朋友一招手，跟著幾個紅男綠女，近來對唱歌騦來興緻。

「往哪裡去？」

父親的眼睛從電視銀屏「笑看風雲」的劇情中撤了回來。生活中起風雲了，哪有那麼容易笑看，不哭喊幾聲，已經夠堅強的了。父親少有的厲色俱來，震得玲玲停下了腳步，然後返身上了閣樓，隨後，傳來嚶嚶的哭泣聲。

這下，輪到繼母看父親的眼色了。玲玲雖然不是父親的親生女，但兩歲時來到梅子的家，人前人後把一聲「爸爸」叫得又脆又甜，再加上生得乖巧，被父親又摟又抱生出更多的疼愛，即使這樣對待一隻貓，也會親近到視同己出了。因為是兩個女兒，父親更多的是任其自由生長。在父親看來，孩子是環境的產物，父母本身長得不歪不斜，孩子不用修枝剪杈便一樣會長得周正挺拔，更重要的是換了一個新的環境，他們自己對周圍的一切都無所適從，除了會說「不行」，說不出更多讓叛逆期的玲玲心服口服的道理。

父親一心謀自己認為的正事，在內地每日工作可以美名其曰：為國家作貢獻，來到這裡，實打實地開始為自己做貢獻了，整天被股票行情和電視劇情迷住了全部的心思。

父母口中的道理，像是用來搞笑的題材，笑久了，讓玲玲都不想笑了，反而覺得他們蠢得可憐。

她現在在享受一個年齡雖比她大很多但比父母聰明許多的男人的愛。她不覺得他黑在哪裡。他染髮，但同時把髮修剪得讓她覺得有型；他紋身，但能說出手臂上為什麼紋一條龍的含義。他像一把保護傘，讓她出出進進都有安全感。她看見過他因做錯了事瘋狂抓扯自己的頭髮的樣子，她甚至覺得他所犯的過錯是因為讀的書少造成的，不是他本性中的壞。

「你們自己的大腦僵化，就喜歡戴上有色眼鏡看人。」

「夠了！」在玲玲的申辯中，父親再次用厲聲壓場。他仍改不了那種用威懾呵斥人的家長制。到了這個年齡，他滿頭青絲中夾雜著幾綹白髮，這似乎有賴於繼母的功勞，幫他把白髮拔掉，明知道白髮愈拔愈粗愈多，可是倆人手首配合得宜，於是日長月久，頭上的白髮長得有那麼一些像菊花怒放的花式。

只是這一套在玲玲這裡需要棄甲繳械。玲玲提醒過父親，這裡不是大陸，父母隨意打子女是犯法的行為，子女可以報警。這幾句話不能不說對父親沒有一點警示作用，尤其是繼母，她曾一度揮起的手不僅垂了下來，而且以後不再習慣性地一生氣就舉起手來。

奶奶去門口點起了三炷香。這天是農歷七月初一。

電視開著，電視劇再精彩，父親也不追看了，和繼母一番小雞啄米般相互琢磨了一陣後，把梅子叫了過去。

「你看，弄成這樣，唉！我們商量了一下，想要送玲玲去美國多讀點書，鍍鍍金吧！你伯父一家現在生活在美國，前兩天我們還通了電話。玲玲去也有個照應。」

父親話音剛落，繼母開口了：「只是需要一大筆學費。我和你父親會拿出一些積蓄，可是……不夠，你能不能也……貢獻一些。」

梅子猶豫了一下，眼光看向了毅然。毅然正坐在沙發上陪傑仔玩耍，似乎感應到梅子投來的期待，便用目光迎上去，輕微地點了點頭。

看到梅子答應，繼母的臉上堆滿了笑意。她甚至不知該如何表達她的喜不自禁的心情，把玲玲叫下閣樓，一起去廚房做飯去了。

這次來，梅子發現奶奶的話變少了，她時不時會去看傑仔。傑仔每做一個動作，調皮的，擾人的，一歡一呼，都會惹得奶奶咧開嘴笑。梅子留意到，奶奶又脫了一顆牙了。

臨走，奶奶送梅子他們出門。奶奶這次特別，把梅子他們送到了電梯口。小聲叮嚀：早備三老，老時受用。

梅子知道，奶奶口中的「三老」，即是老友，老本，和老伴。可是，奶奶一生都沒有擁有「三老」，是否內心一直欠欠的，所以才適時提醒她？奶奶自己不是把老本都交了出來，給父親了嗎！想到這裡，梅子有一些酸楚的滋味在心頭濺起。

「呢啲係嫲嫲為自己活一百歲時準備嘅，依家唸吓，活到八十歲夠嘞！」說完，奶奶把一個折疊了的紅包輕輕壓在了梅子的掌心。

第七章 前塵往事

那麼多年，時光在經緯交織中紡著生活的細紗。

梅子從來不問時間到那裡去了，她看得清自己的生活，就像是一條流水線，在井然有序中流露出乏味無趣。不知道身體的哪個零部件出了問題，等到傑仔讀小學時，她突然想外出工作了，只是一直等到傑仔升讀小學高年級了，她才得以付諸於行動。

這段時間毅然的內心有些躁動，正逢製衣業的黃金時期，他想擴大自己的產業，想把製衣廠搬到河對岸的東湖城，並不時去實地考察。

時間傲慢得不理會任何人，它只管不停歇地走在屬於自己的軌道上。梅子看到了自己的角色轉換，也感覺到了自己的心態變遷。時間只有這麼多，更多的是被各自的私慾侵吞了。這些年，她把自己拴在家裡，熱衷於熬粥，不經意間把自己熬成了職業性的家庭主婦。她也歇斯底里過，在適應過程中情緒混亂了一陣才穩定下來。奶奶勸導過她：做女人要識得付出。再從家中走出，已十年八載過去，在工作上自然不能和毅然平分秋色，只是幫手打理一些製衣廠的零碎業務。

世道俗風，說變就變。如果不是燕芯的提醒，她一直朗朗上口的吉之島，已經更名為永旺百貨了。傑仔年幼時的衣褲鞋帽，她都是在吉之島買的。她感到了自己的遲鈍，尤其是和燕芯在一起的時候，語流和思維都不夠順暢。燕芯笑她是長期把自己關在家中悶成的間歇性的腦呆症。雖是玩笑話，如遭蜂針亂螫，卻點通了她的一根神經。燕芯早前已走入了第二段婚姻，並帶著小兒子一起住進了位於南區的一處花園住宅區，那用噴泉澆出的住址，已和最初的鐵皮屋拉開了天壤之別的距離。燕芯說過：能夠得到的東西，我會想盡辦法得到。在梅子眼中，燕芯不怕在生活中包括在情感世界中摔打。人在低處，往上攀爬，摔下來，回到原點，並不蝕本，大不了重新再來。

毅然還想在大陸繼續拓展他的生意，而她希望毅然即時收山，考慮下一個生活的目標—移民。有人把這座城市當作後花園，用來避難躲災，來這裡落地生根；也有人把這裡當成前哨，帶著過客的心態，隨時起飛奔往他鄉。兩種心態在這座城市不時相互衝撞，每個人的內心都會碰出去和留的意願來。梅子認識的好幾個朋友都陸續移民走了，這幾乎成了一種趨勢，挈帶出她移民的念頭來，不往這方面考慮似乎有些對不起自己。再說，她需要為傑仔的未來著想，傑仔已經快讀中學了，海外升學是一條幫助傑仔開通未來的途徑。可是毅然不配合。生活中的繁和煩同時出現，她亂了陣腳，應對起來也有些慌亂失措。

毅然是忙碌的，有些無視她的顧慮。這段時間，梅子聽了毅然的吩咐：抽空多去看看蘭姨吧！

兩年前，蘭姨住進了福利院，毅然間中會去探望。最近蘭姨的健康每況愈下。梅子隔三岔五地去。

因為早前認識了蘭姨，梅子淺略領賞到了繪畫中的印象派。她喜歡水墨畫中的那種飄逸的意趣，也欣賞印象派用強烈的光和色組合出來的深刻，甚至用它來看世相。可毅然說，他畫畫只是表達一種感受。

最初聽說梅子要去福利院，燕芯也說要和她一起去，等真要動身時，燕芯臨時改變行程，說是需要回大陸一趟，處理投資方面的事宜，幾次都有這樣那樣的理由。燕芯是應該去的，梅子這樣在想，但還是自己一個人去了。

這裡，她來過，那是十六年前。世界只有這麼大，前前後後都不難看到過去了的自己生活過的影子。

她來到一個舊樓區，找到那家私人福利院，在二樓。走進去，迎面而來一股陳舊的氣息，出出進進都是些佈滿歲月風霜的老人。院裡面的牆壁扶攔重新粉刷過。她在努力辨認曾經出入過的房間，依稀能在斑駁的歲月光影中找回過往的一些片段。

記得當年為了找工作，她是懷著悲壯的心情四處去碰壁的。在香港，除了奶奶，她沒有什麼人脈關係。爺爺到南美洲去開疆辟土去了，一得勢，便帶走了他的兩兄三妹，三親六戚，真正去了那裡落地生根。奶奶雖然從不說起爺爺的後來，但在梅子成熟了的心志中，怎麼樣也能猜出一個故事的梗概來，男人財大氣粗後既使不花天酒地、拈花惹草，也不會總是形單影隻，拒絕妻伴子繞的。

來到這裡，她才知道當地許多人的族親意識很濃，九族親睦，一體同視，大家是沾親帶故地抱團取暖的。後來她看到這片土地上有一種常綠灌木—榕樹，於夾縫硬土中裸著根也要勁長，那種鬚根虬結、根幹難分、本固枝榮的氣勢，像極了生活在這裡的人們的族群文化意識。

找工作這裡叫揾工，沒有熟人指點，會多走幾道彎路。奶奶說她的一個妹妹和哥哥因戰亂隨流南徙，比她還早離開鄉里，沿著外曾祖父的足跡去了大馬，最初還有聯繫，後來隨著外曾祖父的離世，音訊杳無。亂世局面，親情的關係遊走在分別離散中，像牽著風箏的線說斷也就斷了。每當回想到這裡，奶奶都會說上一句：父母在世時，人生仲有番啲根基。

那次來福利院，因遇到一個人，帶給她揮之不去的記憶。

他是被人無論從肢體還是精神上摧殘了的人，他只適合鮮活地留在熟悉他的人的記憶中。

那天，周姑娘帶她熟悉工作環境，在一個過道口，從背光中走來一個彎腰駝背的老者，那飄浮著煙塵的光線，在他身後織出一層網狀物籠罩著他。他顫巍巍地從網中走出，隨時有可能摔倒的樣子。

「Hi!」周姑娘跟他打招呼時，梅子發現他的脖頸上的力氣，完全支撐不起他的頭，讓人看到更多的是他頭頂上稀疏的金髮。他半舉起右手禮貌性地招了招手，說是手，只有大小兩根拇指。再觀察，另外一隻手也是殘缺不齊的，少了大拇指。

望著他走過去的背影，周姑娘介紹說：他是Dan，大家叫他阿丹，來自龍城，是畫家。

「龍城？畫家？」梅子的腦海風水盤般倏然旋轉了一圈，也沒有很快釐清思路，只覺得他吃飯都會存在問題，當然不怎麼相信他還能畫畫。

「對，等他神志清醒一些時，你可以找他要一張畫的。」停了停，周姑娘指了指自己的太陽穴位置，說：「只是，他這裡有些問題，說話儘量不要刺激他。」

梅子想多了解一點阿丹的情況，但沒有人知道得更多。他是被趕出境的，趕出來時說話就已詞不達意了。人們只能從他的衣袋裡翻出的兩張損毀了的照片中，拼湊出他的生平過往。照片上，在一幢洋房前的草坪上，年少時英氣十足的他，洋裝錦服地和自己的父母溫馨地笑在一起；還有一張他和一名年輕中國女子的合影。他的父親是西方人，母親是華人。他會粵語。不管人們如何生拼硬湊，能夠知道的只有這麼多。

他的父母呢？是什麼人傷害了他？他的家呢？他都不能完整地表達出來了。

有一天，阿丹向社工姑娘要來了紙和畫筆，在水泥地面上鋪開畫紙，調好繪畫的顏料，似乎要有大動作。周姑娘提醒過，照看他時，不要讓他把顏料傾灑出來。

只見他跪在地上，用右手僅剩的大小姆指夾牢筆，不停地蘸著紅色顏料畫了起來。他的頭總是重重地低垂著，運筆時看上去很吃力。他連畫了三張，畫面上全部是紅色的袖章。畫好後，他突然站起身來，用力抬起頭，讓人可以看清他的面孔。苦難吸乾了他面頰上的水份，深凹的眼眶裡，混濁的眼神帶走了原有的藍色，除了眼珠，便剩下一層眼皮在分割著他五官的面積。他在揮動著拳頭，然後用穿著炸了口的皮鞋踩在畫面上大聲說，哪裡是說，分明是在大喊：Red……紅嘅……

周姑娘路過看到後，不知道他在表達什麼，只是一臉疑惑不解地看著他。但梅子看懂了，那是紅衛兵的標誌。那樣的傷口，極大；那的苦痛，極深，許多大陸人都有，那是烙印在許多人記憶中的傷痕。她莫名其妙地對周姑娘說了一句：「香港是塊福地，沒有天災人禍。」然後，上前去安撫阿丹，及收拾地上的畫紙、顏料去了。數個月後，直到她離開，幾次動了動唇，也沒有開口向阿丹要一張畫，因為他的一筆一劃都極其辛苦。

就在她現在站的地方，一個出入口處，她做完最後一日工準備下班時，阿丹站在了這裡，努力抬著頭望向她，見她走近，便右手顫顫索索地從褲袋裡取出一隻口琴。口琴很舊，琴面上原有的花紋已經殘缺不齊，並可見鏽跡。

「Mommy，音樂……Music……老師，Teacher……」阿丹有一句無一句地說著。

梅子猜出了一些阿丹說出的話的意思。她想問阿丹：你媽媽是哪所學校的英語老師？因為毅然告訴過她，在那場稱為「大革命」的運動中，和他母親同校的外籍女教師的黑色長裙，被「闖將」們用剪刀把兩側剪開了。當時那老師人前受辱，面色蒼白，是一手把剪開的裙角揉在一起裹住大腿，一手推著自行車離開校園的，以後再也沒有回校。

似乎要證明一點什麼，阿丹低着頭，用殘缺著手指的兩隻手一起托起口琴，如同小雞啄米一樣，使出全身的氣力吹出了一隻曲子。曲子悠揚，淙淙潺潺，似清風攜著流水自遠處奔淌而來。

梅子聽著曲，似看見年輕時的阿丹英氣十足地站在龍城自己家的洋房花園中，那是很久以前，周圍浮動的是他的親人的身影，親情和歡笑包圍著他。如今的他，枯瘠如柴，頭頂上的幾縷金髮在優美的琴聲中無力地震顫著。梅子在想，如果阿丹的母親在，一定會走上前，幫他撫平沒有翻好的領口，幫他理順有些雜亂的頭髮，然後心疼地擁他入懷，用慈愛喚回他眸中被黑暗罩住的艷陽。

梅子噙著淚水為阿丹鼓掌。這隻曲子她聽過，是毅然用口哨傳出的樂音。

阿丹看到梅子為他鼓掌，高興得想抬頭，但頭還是沒有抬起來，他顯得那樣孱弱，眼睛更多是用來看著腳底下。

「Long……Long ago……」梅子高興地用蹩腳的英語說了一句。

「Yes」他細弱的聲音傳了過來，聽得出歡欣。

阿丹努力抬起頭，有所表示地笑了笑，即使在笑，眼神都無光。他的表情像個小孩，好像是十分懂得這個世界，又好像完全不懂。

「很久以前。」梅子想起毅然告訴過她的歌曲的中文名。

琴聲令阿丹的身邊圍了一些人，他們都向阿丹豎起了大拇指稱讚。

告別時，梅子回頭，看到阿丹站在一縷光線後面，頭，又繼續低垂下去。

後來，事隔五年，仍在這裡工作的周姑娘，打電話找她，說是回歸紀念日，想邀請她去教唱歌。於是她再度來。

「小河彎彎向東流，流到香江去看一看……」這首歌，曾唱紅香江。

「讓海風吹拂了五千年，每一滴淚珠彷彿都說出你的尊嚴……」

在她最初學這首歌時，不曾料想到有朝一日還會教唱這首歌。這群老人，最有資格說自己是香港人，他們手上的每一根爆顯的青筋都在說明他們的雙手創建過這座城市。他們每個人都懷揣著一部斑駁陸離的香港近代史，和他們隨便閒聊幾句，都能帶出南來北往的歷歷往事。學唱時，他們成二結三地拿著歌單，隨著歌曲中的旋律輕搖細晃著肩膀，不再圓潤的唱聲卻帶著一些清婉。

不知怎麼，她想聽阿丹的「Long long ago」，可是那次來，她沒有看到阿丹。她想問問周姑娘，但還是相信自己的直覺判斷，不問或許更好。

誰都擺脫不了前塵往事的糾纏，或是我們的人生就是在這樣的糾纏中往前演繹的。

梅子見到蘭姨時，蘭姨並沒有在第一眼認出梅子來。她坐在輪椅上，正瞇起眼斜靠著頭和一些老人在陽臺上曬太陽。這是冬日，懶洋洋的太陽下，每位老人都顯得暮氣沉沉。

蘭姨一頭銀色的髮扣在一頂金色絨線編織的帽子裡，露出參差不齊的髮梢來。以前那盤起的極富優雅樣的髮髻看不到了，或是頭髮已稀落得盤不起髮髻了。不知何故，梅子在見到蘭姨時總會聯想到奶奶。

自從最初和毅然一起見過蘭姨後，間中又去過幾次蘭姨的畫室。印象深刻的是，蘭姨的畫室有一幅用深淺不一的綠色勾勒出的圖畫，是毅然幫她認出了這是字：壽。那畫通瑩厚綠得如玉，可掂在手，讓人估計得出它的重量。

以後被婚姻中的瑣事羈絆，梅子沒有閒心再去。從毅然饒有興致的描述中，偶爾聽得到有關蘭姨的一些軼事。蘭姨少時去了南洋，後來才到的香港。在生活的輾轉顛沛中，她失去了和族親的聯繫。困苦中，身為傳教士的Jack即時救助她，幫她建立信仰，並為她帶去福音。蘭姨的畫室就是Jack幫忙開設的，他是畫師。倆人之間因繪畫建立了很深的情誼。Jack生命的最後十年，幾乎是在蘭姨的畫室裡渡過的。他一走，蘭姨的畫室很快關閉，永遠難啟了。蘭姨開設那間畫室，似乎是為了Jack能夠光臨。生命終究是要用不同的方式讓情感有所依託的。Jack一走，蘭姨花開一世的生命似乎驀然失去了水份，走向了枯萎。

梅子從社工那裡接過輪椅，緩緩推著蘭姨，在走廊上來回走動，希望蘭姨的目光不用呆滯在一處，而是可隨著院內的建築物圖案轉動一下。

畫室，Jack，梅子用溫暖的詞彙，努力想喚起蘭姐的記憶。聽到Jack的名字，蘭姨青筋突暴的手突然伸出，似乎想握住一點什麼，但有些徒勞般隨即又垂下。

有的人的名字溫暖如春，可以讓人心復甦。

蘭姨似乎也知道自己於世不久了，幾次吞吞吐吐地說出想見自己的兒子。梅子按照蘭姨提供的電話打過去，接電話的男士自稱是蘭姨的兒子，總是附上一句：很忙。然後，迅速把電話掛斷了。

世情薄涼到了血親關係！如此三番五次後，梅子聽出了對方的聲音，這次，她用的是自己的手機，撥通了燕芯老公的電話。

「趙生，來看看你的母親吧！她每天嘴裡都離不開兒子，好像有貴重的物品要託付。」

顯然，對方也聽出了梅子的聲音。短暫的停頓後，回應說：好，等我有空一定過來。

只是，等他過來時，蘭姨已離世了。

「一共多少錢？」一見面，趙生簡潔明了地問了句。

「這裡的各種費用，蘭姨自己預付了。這是她留給你的……」梅子更想讓對方知道來這裡一趟的重點。

她按照蘭姨生前的意願，鄭重其事地把一包蘭姨的遺物交給了趙生。

她希望他能打開那用淡綠色亞麻袋包藏的物件看看，裡面除了蘭姨從頸上、耳上及手上取下的一系列金飾外，還有蘭姨說的祖傳的寶物。只需要輕輕打開，他會有意外的收穫的。

他一前一後伸出兩隻手，左手接過一個蘭姨留下的銀行存摺，右手接過那個淡綠色亞麻袋。

也許是那淡綠色亞麻袋看上去太素簡了，引起他看的興趣不大。只不過礙於梅子的再三提醒，他打開口袋，把一伸手就觸碰到的一塊玉石類的硬物取出來看了看。

梅子站在他的旁邊，看到了一塊鏤字玉珮，還沒看清上面鏤的字是不是一個「壽」字，就被趙生速疾地重新把玉珮放入了袋裡。

只見他晃蕩著右手上的東西，走近垃圾筒，順手把那袋子扔了進去，就像他在垃圾筒蓋上抖落他喜歡抽的雪茄煙灰一樣，動作簡練又乾脆。然後在公文包裡放好存摺，坐上自己的名車，一陣車煙張揚著而去。

這一幕，讓梅子看出了淚水，為一段母子情延伸成草草結尾這個樣。她有些怪自己為什麼沒有在和蘭姨對話時，問問她父母的鄉下在哪裡？

第八章

梅樹果香

許多事，在你還不懂得珍惜之前，已成為舊事。

這個暑假，由於傑仔參加了學校組織的「海外文化交流團」，去了紐西蘭。梅子樂得一個逍遙，也想去體驗一下南半球的風土人情。毅然說忙，他醉心在拓展他的製衣業務上，梅子便獨自報團尾隨傑仔而行。

臨行前，她突然在想，如果奶奶在身邊就好了，可以讓奶奶同行。她還從來沒有帶奶奶出去旅行過。在日復一日為生活編出的章程中，不知不覺已逐漸少了奶奶的字句。如今「奶奶」更像是一個簡稱，只是偶爾取出來惦記一下，而真人卻被放置在了自己很少問津的生活中的某個角落。

懷揣不安中，梅子轉念又一想，再過一個月就是八月十五，回來後再整理一下行囊，帶傑仔去奶奶那裡一起過中秋。

後來她知道，有的不幸事件是在她的意料之中的，只是她內心的感應器更容易在第一時間當作意料之外的訊息來處理。

一個多星期後，傑仔還沒有結束行程，她摘星攬月般提前將紐西蘭的山色草影隨遊歷帶回。那些長出鮮綠果肉卻生長在灰蒙蒙的無葉枝頭的獼猴桃帶給她鏡頭前的獵奇心尚未消彌，回程雙腳剛落地的她，還沒有從異域風情中走出，便被父親和毅然那裡傳來的消息擊得啞然失聲：奶奶走了！

走了？怎麼不及時告訴她？

不幸是從不打招呼而來的，山呼海嘯般的感覺說來就來。奶奶只不過才回鄉居住了一年，怎樣說走就走了呢！

不管毅然如何解释她剛隨飛機起飛，他就收到了這個不幸的消息，他已經及時回鄉幫忙處理好了奶奶的後事，也是才回來。不及時告訴她，是不想影響她的行程。梅子還是不可抑制地衝著毅然一遍又一遍地問：這麼大的事情，怎麼不及時傳達？無論毅然如何解釋，她都覺得不合情理。

她需要趕赴鄉下。父親在電話中提醒梅子要按鄉下規矩，三七再去。又說想和她同去，但他腿部出了點問題，靜脈曲張，雙腳腫得不行，行走有時需要靠繼母攙扶，讓梅子代他在奶奶墳前多上一柱香。

遠房的叔叔一家還在懷恨父親，怨當時一個大人搶走了一個孩子口中救命的食物。梅子心裡清楚，這是在把一個時代不能消化的仇怨落實在了個人身上，當時父親也是饑餓者，在饑餓面前，人性是經不起檢驗的。

因為落下罵名，內心被羞愧難當噬咬，父親自四十年前那次回過鄉下，之後再也沒有回去過。父親在兩年前託了其他親戚請人整修了一下祖屋，房頂加牢固了，漏風的木窗換成了玻璃，再把周圍叢密的雜草除去。

她不清楚，在兵荒馬亂的年代和爺爺一起逃離了故土的奶奶，年逾八十高齡，為什麼突然想到要回鄉下去住？她第一時間認定是被父親繼母趕走的。繼母很生氣地申辯：梅子，你不要總是把我們想像得那麼壞！

生命是隆重登場，悄然落幕。

返鄉時，梅子把奶奶送給她的玉珮戴在頸上。

「使口不如自走。」

奶奶獨自回到了鄉下。或許奶奶身體的硬朗和她矯健的步履有關。奶奶從不服老，當年沒有小推車和背囊的時候，她用肩挑，如今有手推車更難不倒她。那是屬於奶奶的鄉下：是她幼年時塘中有游鴨、田裡菜花黃的鄉下；是女人們在樹下納鞋、男人們吸著旱煙袋、鄉鄰們圍坐一起話說柴桑的鄉下；是她成長中看得到鄉紳的阿爸出錢替鄉民擺平紛爭或是幫人寫信、寫狀子的鄉下；是阿嬤取出一盒金條對他們兄妹三人說「呢啲全都係留俾你啲今後讀書用嘅」鄉下。

正巧，玲玲一家回香港省親。用繼母哀聲嘆氣的話來說：帶回一個可以做父親的老外回來。

毅然帶玲玲他們一家子去過北京餐廳吃烤鴨，吃得玲玲的藍眼睛白頭髮的先生雙手豎起大拇指。玲玲那六歲的混血兒子就更不用說了，特喜歡吃那層油浸浸的烤鴨皮。

梅子一個電話打了過去：「玲玲，和我一起回鄉下拜祭奶奶？」

「什麼？」玲玲似乎對中文感到陌生了，說話時的語氣很生硬，沒有用「Why」直抒心臆，算是考慮到了梅子的心情。玲玲對「奶奶」是陌生的，從沒有叫過一聲奶奶，即使住在奶奶家的閣樓上時，也沒有叫過。這層隔膜從何而來，梅子已經沒有心情去探究了，她決定一人前往。

沿途，車窗外閃閃而過的樹木，令梅子聯想到參照物，聯想到小時候她坐在去龍城的火車上的沿途所見。歷歷往事，像是在記憶的爐灶中架起的乾柴，劈哩啪拉作響起來。

「奶奶，為什麼要挑擔？多辛苦呀！」

「咁樣可以帶多啲好食嘅嘢俾我啲嘅梅子。」

奶奶和她的對話一路在耳邊播放。奶奶喜歡一邊說話，一邊用一雙在歲月中變得粗糙的手撫摸著她的頭髮。

雖然在修路，畢竟是鄉下，一路步車勞頓，塵土飛揚，到達時，殘陽如血，日漸西墜。

迎接她的是族親中的一位中年婦人，見了面她想開口叫聲「姨」，誰知對方卻叫了她一聲「伯娘」，輩分上，梅子比她大一輩。

中年婦人叫阿晴，說是一百年前和梅子是同一個高祖。在阿晴的家中休息了一夜，第二日，梅子隨阿晴去了奶奶的墳頭祭拜。梅子什麼都不懂，似乎和奶奶的鄉情漸行漸遠。

時光屋是有門的，前面和後門都虛掩著，若有心造訪，只需側身，便可隨一縷光潛入，覓得記憶中的些許東西。

一扇輝耀著一層紅漆光的木門打開了，閃現出一個眉彎似柳、笑臉月盈般帶著乳白色光澤的小女孩。

剛穿好耳洞，她就急著跑出屋外，想展示一下自以為是的美。

剛才很痛的一幕，她卻快樂地經歷了。她看著阿媽從爐灶上的鐵鍋中取出炒燙的花椒，不斷在她的耳垂上揉搓，麻木耳垂後，接著把一根粗粗的平時納鞋用的針在火上加熱消毒後，急速在耳垂上扎出一個孔，再用一粒綠豆塞入，固定孔口，最後用鹽水消毒。她看著自己阿媽耳垂上搖動的金耳環，向往著戴耳環的快樂，所以能夠忍受必經的疼痛。她把這些肉體遭受到的破壞和疼痛，當作生命中的成長和美好來領略和接受，那年她十三歲。

但在她五歲那年，卻用一雙小腳狠命蹬開了將被纏足裡腳的命運。

那是一個纏足當香足的年代，這個村落裡，有一個劉姓大戶人家的千金，她的一雙粉嫩的腳，卻不受約束地生長。

「拿熱水來。」有一天，她的腳也被人放入盆裡，浸熱後，就等著大人們拗扭腳趾。當時的她還是一個被成人的世界任意對待的年紀，發出的卻是不想被人任意宰殺一般的哭喊：

「不要，不要……」

在擇好的黃道吉日裡纏足，而五歲的她捨命蹬足、撕心裂肺般嚎叫著，猛地一抬腳踢傷了準備掰斷她腳趾的大人的眼睛。請來纏足的人痛得鬆了手。讀書讀到舉人盛名的阿爸蹙著眉看到了這一幕，心痛地擺了擺手示意，說：算了罷！

因為開了先河，後面的妹妹也沒有加入「三寸金蓮」的行列，姐妹花都沒有機會穿上繡花弓鞋。

奶奶的阿媽眉頭難展，焦慮日深：一對女兒將來點樣嫁人？

後來，奶奶還是嫁出去了。

爺爺看中了奶奶。爺爺從南洋回來，思想開化一些，他圖的是奶奶樣貌靈秀，骨肉均勻，腳是金蓮還是銀蓮，不是他注重的。

當年奶奶是坐著花嬌，隨著嗩吶聲來到這座房前的。她失去了穿尖足翹鞋的機會，穿的是自己阿媽親手做的繡花鞋。

即使後來，子孫綿延後，奶奶仍念念不忘她新婚時披在大襟衫上的雲肩。

什麼是雲肩？梅子不知道。在奶奶面前，她發現自己似乎站在一座光禿禿的山上，長了不少的知識，但對傳統文化的了解卻貧瘠堪憐！

那時候有哭嫁的習俗，奶奶說她也哭，但哭的是難捨難離父母兄妹情。那時候還有三跪九叩的禮節，新娘要到祠堂拜祖先，告祖，拜祭天地祖先。奶奶生前曾提及過牌坊，說是有一個心願：想進家族祠堂。為什麼？梅子還是不懂。

兵慌馬亂時期，村人紛紛南逃。外曾祖父意識到家業難保，便將家中細軟打點了一下，悉數分給家中一眾大小，祖傳的玉石也請人打磨成三塊玉珮，分別鏤成福、祿、壽字型，分配給了自己漆下的一子二女，促他們俟機逃往安全的地域，既希望後人的生活各自安好，又希望他們能夠認祖歸宗。

生下父親後不幾年，匪賊猖行。戰亂粉碎了奶奶和爺爺繼續留在故里的心願，他們一家隨著一眾南下的人們在流離顛沛中來到香港。

年輕時就習慣了闖蕩世界的爺爺，在香港駐足了一陣，最後還是決定去闖西洋。因再三勸不動奶奶，於是向奶奶扔下一句「硬頸」後，乘船去了南美州，再無回顧之意。

梅子知道，奶奶的「硬頸」是為了等到她大陸的小兒子重回香港和她團聚相關。

梅子聽奶奶說過一些鄉下趣聞的。奶奶口中的鄉下，不只是村前的河塘，紅墻青瓦上裊升的炊煙，還有她拼命掙脫「六寸金蓮」束縛的情景，以及她出嫁時被掀起繡花蓋頭時的羞赧情結。這樣的情景和情結越生動，奶奶對那片鄉土的情意就越深厚，因為是那片鄉土烘託出了那樣的畫面。歲月到底都會被記憶的絲線百繞千纏成一個存在的圖案，交回給每個經歷了它的人。

行走在奶奶生活過的村子裡，恍恍惚惚中，梅子知道再也握不到奶奶幫她梳過頭的手了，自己只不過是在奶奶的人生中，蜻蜓點水般疾步而過的一個後人。

因為奶奶留在了這裡，她才嗅得出一種叫鄉土的味道。

這是一塊靠山向水的墓地，周圍草木青蔥。奶奶沒有入住進她生前想去的家族祠堂，也沒有在報上刊登一則訃文，奶奶生命悄逝無聲得令梅子感到難過至極。

梅子在奶奶的墳前點了香，擺上供果，燒了紙錢，腦海裡放映著那個用瘦弱的身軀挑著滿滿的食物和生活用品的奶奶，身影在羅湖橋上絡繹不絕的人流中不斷閃現。

她來到了奶奶生前居住過的小院。

這是晌午還是傍晚，與她的關係不大。她只知道，這是奶奶最初和最後的小院，奶奶把新婚的明媚交給了它，把生命最後的黯淡也交給了它。

黛瓦，紅磚，似乎每片瓦每塊磚上都爬上了年輪。

重新粉刷过的牆壁，仍淺淺淡淡地在顯示傳統文化中的風水意願，和古樸的族性美飾。

這是一座老房子，老得像村中已荒廢了十數載的深井一樣，牆後交織著枯藤和新草，青蔓和清冷遍佈牆側，和周圍新建的樓房相比，透出時光浮現出的幾許滄桑。門楣上的牌匾，「世居」前剝落掉了兩個字，已現歲月斑駁的痕跡。

這座逾百年的舊式建築，連同它蘊藏的文化，在新時代改天換地的大刀闊釜中，不作記錄地有幸留存下来，不知會否成為以後的廢墟還是遺址了。

門前那扇大木門，已不見奶奶口中憶述的朱紅色，門上的銅環還在，只是用它已叩不響奶奶的應門聲了。

那時的木門曾塗著紅漆，門上沒有鎖，只有門背後的一根插銷。

奶奶門口的梅子樹還在，梅子樹高出了屋頂，在陽光的照射中，樹蔭遮地，蒼翠欲滴。當年，奶奶和爺爺一起種下梅子樹，還說生一個仔就種一棵果樹，讓子孫綿延。如今枝搖葉散。有多少人一生的夢想，輾碎在飄搖動蕩的時局中。

窗口，在橘色光蔭和紫色纖塵中，梅子似乎看見一個粉紅色的女人起身，正對著曉窗梳妝，她修長的手指輕挽著頭髮，在時光中束成橘色流蘇，在她眼前晃動。

她站在奶奶小院的梅子樹下，像端詳一位老人一樣，把周邊筍尖般長出的小樓包圍了的低矮瓦房睃視了一遍又一遍。院落的泥土板結成殼，用腳步可以踏出歲月的聲響。

「瓶子裡面是梅子醬，還有梅子乾。」阿晴遞給她一個塑膠袋，說是奶奶託她轉交給梅子的。

已是夏末，梅子五月花七月果，也就是說奶奶一個月前還站在這顆當年她和爺爺一起種下的梅子樹前？

這棵梅子樹，在四季交替的季節裡，循著花謝果香的生命軌跡和定律，一直固執地守護著這座院子，守候著樹上的小鳥飛去又飛來。那是生命中的守望。

奶奶走了，她感到這個世界和她陌生了許多，她缺少連結家族過往的一條通道，奶奶骨子裡的鄉土情懷，正在她那裡變成一種缺失。

阿晴告訴梅子，奶奶常常站在樹下，一聲聲叫著：梅子。

「梅子，要記得來睇嫲嫲。」

「奶奶，我不會忘記的。」

這一聲一句的許諾，被梅子交給了歲月，被奶奶悄然帶走了。就這樣，梅子一個不小心跌入了充滿疚意的深淵。

臨走，梅子給了阿晴兩個紅包，感謝她的一家在奶奶在世的一年中給予奶奶的照顧。

她知道那個在歲月深處晃動著扁擔，為她挑著好吃食物的奶奶真正春風化雨般地消失了；那個常常在梅子成熟的季節做好了梅子乾、梅子醬的奶奶，再也不會在又一個梅樹花開的季節站在樹下引頸等待著她的梅子了，歲月以它無情的方式分割著親情，奶奶用她的存在濃縮成了一句話：梅子，要記得來睇嫲嫲。

村裡還能遇見有纏足老人坐在自家門前的竹椅上曬太陽的蹤影。

她以為她有足夠的堅強，在時光中穿梭，在時光中捕捉奶奶的曾經過往，孰不知一個心結，蝴蝶結般牢牢繫在了心口。她緩緩移動著腳步，直到奶奶的舊屋被周圍新起的樓房遮擋了，直到看不到那棵梅子樹了，她忍不住嚅動著嘴唇喊了一聲：奶奶。隨後一個轉身，眼淚淌滿了面頰。

人生，原本是一幅鋪開後又必須捲起來的畫卷。

從奶奶的老屋回來後，梅子一陣頭昏目眩，倒床就睡，精神上、身體上的疲累都有。

醒來，才發現自己竟然睡了十五個小時。

臥室有動靜，毅然在身邊。

「醒了？」

她點點頭，伸手握住他帶來的溫暖。

「沒事就好。傑仔打來電話，說你不舒服，我特意趕回來的。我還需要趕回對岸的公司，處理一些業務，過兩天再回來。」

她想多握一會兒，但那雙手很快從她的手中抽出。

毅然確實很忙，他公司的業務轉向了河對岸。他有雄心，想再創兩條流水線，還想在龍城創建他的服裝門市部。他說這是鄉土觀念，希望家鄉經濟繁榮，如果能夠，就為家鄉多做點貢獻。可惜他的父母都不在了，只要一提及這點，他的心會不由咯噔一下，有墜落在地隱隱一痛的感覺，但很快被未來的工作藍圖所帶來的創業的豪情捲走了。

他也回龍城，每一年的春節必回，去探望雲霞的老父親。

兩週後，玲玲攜夫帶子將返美國。臨行前，父親給梅子打來電話：送送玲玲他們去機場吧！

毅然也這麼說。

梅子不搖頭，但嘴裡堅決地送出一句：不送！

第九章 營營役役

她從不與人討論貧富差別，只知道，如果沒有重金傍身而遭遇被男人拋棄的女人，隨時會變得廉價。

傑仔升入中學後，梅子一直想裝修一下房子。新婚入住時，手頭不濟，房子沒有裝修，現在有了點積蓄，有必要把傑仔的房間裝修成書房，配置一個壁櫥式的書櫃，可拓寬室內空間，營造一個讀書環境。毅然表示支持。

梅子以為，傑仔都大了，生活可以穩穩妥妥地添上最後華美的一筆，寫出一個圓滿了。

連燕心都無不羨慕地對梅子說：你是伸手便摘得到甜果，而且張口就可以吃。生活給我的是一顆帶毛刺的板栗，我需要除毛脫殼去皮，一番辛苦後，才能嘗到果香味。

房屋裝修期間，燕芯在材料選用及裝修的價位上給予了梅子一些指引。房屋裝修好後，梅子挑選了一個中午，請燕芯來家中觀摩裝修的質量，順便展示一下自己的廚藝。

梅子去過燕芯家中兩次，燕芯叫去的，讓她領略到了住在花園區的五十樓坐看窗外的氣勢。相比之下，梅子的住房條件比起燕芯的三室兩廳來，擠逼及遜色不少。

燕芯不斷翻閱著生活的新篇章，幾乎是一年一變地生活得枝搖葉擺起來。而梅子這麼多年生活沒什麼起色，守著自己的一畝三分田，旱澇保收地生活著。

燕芯不怕冒險，勇於嘗試，冒險能夠帶來刺激，嘗試令她百試不爽。那麼多年，自己的身價和從事的行業一樣，從零開始，步步高升。她深知自己沒有良好的家庭背景，需要靠女性的魅力吃飯，屬於她的人生沒有起跑線，只有起腳點。她習慣性的做事方式便是：使盡渾身解數，去達至所願。強身術，她略曉一二；御夫術，她也不是一無所知。她精通做女人的門道，哪怕是別人稱為斜門偏道，她都照納不誤。她離不開化妝品，即使用廉價品上妝，都會招惹一些好色者的眼光。在她眼中，男人不好色是偽裝。她知道男人看女人什麼年齡段喜好盯著女人的什麼部位看，只要女人成為男人目光的聚焦點，許多的事情就好辦了。想當初她剛在這座城市站穩腳後，省吃儉用，用兩年的積蓄買了一個愛馬仕包，為的就是跑去蘭桂坊，換一個有人願意付酒錢的經歷。

「那一杯酒可是上千元呢！」她對梅子說時，省去了她如何買名牌包的細節，也不告訴梅子她喝酒後的後續發展，更沒有交代她為什麼不去第二次。

毅然從梅子那裡聽了些燕芯的趣聞軼事，帶笑地提醒過梅子，要和這樣的女人保持距離。

愛錢如同愛打麻將一樣，把持不住自己，會上癮到利慾薰心。

二十年，對燕芯來說，不知物換星移了多少次。許多人一生一部戲，而燕芯五年十載一部，部部都是重頭戲。安家，發家，斂財，名利雙收，到現在，又想著成為情感上的霸主。為不可為而為之，是因為她敢。

現在的她已不是二十年前的她了。她持有任憑自己消費的金卡，及出入一些高級場所的會員證，可以踏入足以令她每個毛孔釋放出無比快感的消費場所。她已經適應各種角色的轉換，不否定社會是一個大染缸，只是自己不是白色，染成什麼顏色已無所謂了，所以她的適應能力超強。在她那裡，尤其不要提女人的貞操，她會舉起桌上的酒杯，勸你喝上一杯再來笑話你：你以為你是誰？你在跟誰說話呢？有個和無數男人上過床的女人不就寫了一本書，叫什麼《我和二十個男人》嗎？男女之間的情事，你不當神秘就沒有什麼神秘沒有什麼荒淫可言。什麼感情，全都建立在慾的基礎上的。

最近幾年，燕芯北上投資，人影東移西飄，很難找到。梅子和燕芯的交往不再頻密，更多是隔空電話問候一下而已。只是，每次通話，燕芯的情緒都歡快地策馬奔騰般盡情流溢。

「有一處新樓盤，西洋建築，有入戶花園送，我很感興趣。」

「現在這裡不建別墅了，好在我當時買得早。」

「最近想投資寫字樓，在等筍盤。」

從小打小敲，到大刀闊斧，燕芯找到了自己多財善賈的領域，從房地產價格數字中形成了自己的判斷能力。況且，商海，一步一步，每向前衝刺一次，如果成功，都是n次方金錢的誘引，對燕芯來說，淹死在錢堆裡比活得愁眉苦面強。投資房地產，她是一個猛子扎進去的。

不瞞梅子，燕芯在電話裡直話直說，她和家鄉小鎮上的瓜哥聯繫上了。她的家鄉靠近沿海，得改革開放風氣之先。瓜哥腦瓜靈，腦瓜削尖了般，哪裡有利益就往哪裡鑽。他對「翻身」領會得最深。和她一樣根正苗紅的他，接連不斷地翻了幾次身。讀不進書，但被保送進了大學。之後，通過人脈關係，靠近權力，當上了一鎮之長。再後來，南風北漸，大搞經濟建設，大興土木，有著兩百年歷史的小鎮擴建成了城市，他也隨之擁有了貼金的稱謂：「市工商管理局副局長。」如今再一躍，被人習慣性地由副市長簡稱為：賴市長。瓜哥走向社會的第一個誓言就是：「努力去當官。」這樣的誓言和他曾經宣讀的為崇高理想而奮鬥的誓詞是否同出一源或是涇渭兩脈？他不想分得那麼清。

現在人人談錢，以前這種慾望被壓制了，如今釋放出來，像壓縮了的乾燥的海綿掉入了水中，每個孔隙都張顯出超強的吸水吸金的能力。

主管城市開發擴建的他，當務之急需要吸收資金，在廣引四方財源之際，遇到了他年輕時用一張船票擁入懷中的桂枝，如今已改頭換面為—燕芯，實打實的律師太太。燕芯「初次」帶給他的莫名興奮，以後無論多少女人身上的體溫都無法覆蓋。當他知道燕芯回鄉，立即召見。有互利互惠作前提，倆人不謀而合，一人願意加大資金投資房地產，一人願意從中成全鉅額回報。一收一放間，效益立竿見影。他和她的情感世界裡，沒什麼「鮮衣怒馬，浪漫緋惻」，但存在「浮生若夢，偶寄閒情」。簡單的男女關係，只不過就是相互把身體展示給對方看。一手拿錢，一手握權，錢權互投，再搭上情慾交融，是生意場上最能風生水起的一種交易，即使不能換取金帛滿屋，也有財源不竭。當燕芯笑自己是時代的犧牲品也是時代的既得利益者時，只是她無法給她眼中的瓜哥定位，是改革開放的先行者，還是創造發財機緣的人？

如今的燕芯，生活在車馬衣香中，在她眼裡，錢和慾臏股相連，愛算什麼，只是隨手罩在皮囊上的外衣，給人看看而已，隨時可以脫下來換新的。她早已發現好高騖遠就是給她這種人準備的，選好了目標，便直管膨脹激情向前奔赴，這在別人眼中也許被視為放蕩不羈，別人怎麼看不重要，生活是自己的，自己怎麼快樂怎麼過，妨不妨礙別人不是自己首選的關注點。

「感情畢竟不是短期催眠這樣簡單的，一覺過後便什麼都不管不顧了。」燕芯這樣來看待一段感情，說：製造一件產品還要一個流程，製造感情也不能簡單利落，總要圖點什麼吧！燕芯內心有一張清晰圖，和男人一起，玩的是情色，鬥的是技巧。情色如當票，需要用利益來換的。

燕芯是通悉男人的，在她看來，一個男人要成熟，成年之後就該成熟了，若不成熟，知天命之年也別奢望長出一副嚴謹的面孔。要想讓男人成熟得不露聲色，那是異想天開的事。男人都有軟肋，需要女人去戳，戳重了，會痛，他會逃之夭夭，避之惟恐不急，若戳得恰到好處，沒有不謙謙君子般俯首貼耳的。

在燕芯眼裡，感情這種東西，若帶著看熱鬧的心態介入，才不會出現什麼大問題。成人世界的遊戲，玩的是快餐及速遞，玩不起，最好做局外人。如若要投入幾分認真，你就等待踮起腳尖接受期盼調包吧，不扔一個失望給你，難以考驗出你的心理素質。

她現在難得回一次香港，她生活的重心在河對岸。

當燕芯再來見梅子時，她的身上已披戴上了一道自己引以為榮的光彩：東川市政協委員。因為投資有功，她得到了回報生效的榮譽，嘗到了這個世界突然間認錢不認身世所帶給她的好處：名利雙收。只是站在新的人生高度，再來審視自己的婚姻，身邊的老公無處安放的一身贅肉和自己依舊保持姣好的身姿，已不能相提並論，怎麼看怎麼不合某種意義上般配的規範了。

一段男女的關係中，最好的相處是有感情打底，如果失去感情的底色，什麼慾念不會犯濫呀。

燕芯來到梅子的住宅前。來前，猶豫了一下，選擇了打的過來。

燕芯和梅子惟一的區別，就是梅子習慣於心安理得地裹腹，著重於眼前的生活，不會為無關緊要的事情牽腸掛肚。而燕芯不行，閃身擠進商海也好情場也罷，抓住任何可以努力的機會，哪怕行之無效，嘗試了再說，決不失意到兩手空空而歸。她經得起摔打，無懼身敗名裂，這麼多年過去，再蠢，也摸得出一點生存的門道。

女人的姿色若傍著真金實銀綻放，感情為何物？已被人批注為有別於主食的御用品—零食了，僅作為即興的消遣。

燕芯常說，一個女人要知道自己是用什麼來吸引男人的。現實世界，哪來什麼梅子所說的情義無價呀，一定是每個人選擇對方的價位不同而已。男女一起，互相造就，一定是各有所圖的，功名，和財勢，總要圖一樣。一無所有的男人，拿來做什麼？只是，現在男少女多，物以稀為貴，財才兩旺的男人，貨源少，得到了，是珍品。

她會適時把男人捧在手心，但不會放在眼裡。

一見燕芯到來，梅子熱情以待，半打招呼半打趣地說：真是有勞大駕，難得來一次。

「不給你添麻煩就好。」燕芯說時，發現自己的手上正習慣性地拿著新換的車門鑰匙，原本取出來想說點什麼，想了想，邊說話邊把鑰匙重新放進了手袋裡層。

這次，燕芯剛從西歐旅遊回來，見到梅子時，她送上了禮物：一瓶蘭蔻香水。

如今，在燕芯眼中，梅子似乎落伍了半個世紀。她知道這樣的香水放在梅子那裡，頂多也只是放在櫃子上當擺設。梅子腦袋裡太多陳腐的觀念，什麼感情呀，家庭呀，道德呀，用一根無形的繩索綁住自己，成為自我欣賞的犧牲品。

「先喝點海底椰湯水。」

燕芯坐下來，梅子便遞上湯水。房間裡瀰漫著一種家常飯的香味。這是週五，毅然再忙，都會習慣於這天早點回家。所以，梅子提早煲好了一大鍋用上乘食材配製的湯水。

「特意為你做的八寶飯，快蒸好了，等多三個字。」三個字。即粵語的十五分鐘的意思。梅子有時像應景般，也會夾生說一兩句超短的粵語，沒有燕芯說得流暢。燕芯是整個筋骨都用心嵌入了這座城市。

燕芯邊飲湯邊環顧房屋，說：「我介紹的裝修師傅不錯吧？」

「是，應該答謝你。」

「別這麼客氣，你我多年的朋友了。」這句話，燕芯說過多次，但就是不把好加朋友奉上，或是，她也知道，她和梅子的關係還夠不上好朋友的份上。

燕芯的打扮愈來愈新潮，重點轉向了手袋的品牌，以及口紅的色調。擺明了，她就是想博異性留意的那類女人，這似乎是她一向熱衷的生活主題。她調動全身每個細胞去完成她認定有利的生活中的每一個步驟，這就是她心目中的自我完善，別人怎麼看，她不管。內心沒有太多的墨水有一點好處，不會有太多形而上的約束，做自己可以做得更徹底。她嘗到過在街頭小鋪跟人討價還價、因十元價錢買賣不成轉身被人奚落的滋味。如今女人街已不在她眼裡，銅鑼灣的商場，尖沙咀的店舖才是她重點出沒、熱心獵貨的地帶。有一天，她懷揣著手上幾處樓盤一收一放不到一年時間就吸金上千萬的喜悅，財大氣粗地跑到崇光百貨，一口氣買下三個十年前她想也不敢想的ＬＶ不同款式的手袋，又選中同一品牌同一個 SISZ 的粉、橙、黑三種顏色的時裝，全部買下。這種把錢甩出聲響的豪爽底氣，令她陶醉不已，也令她有一種眼裡閃耀著淚花的激動，這就是她想要的生活！她不像有些女人一生都在掩掩藏藏，想這說那。她活得明了，那就是：愛錢如命。

只要一提及男人，燕芯就有話說：讓男人吃飽，他會覺得生活太單調。讓他大多時半飽，吊吊他的胃口，他會覺得這樣的女人才有趣。

只是燕芯說到興起時，又忍不住嘆息了一聲。梅子讓她說出煩惱可以有助減壓。

燕芯說：自己結婚早，沒想到兒子在和我比賽，比我更早，最近私下裡和家中請來的菲籍傭人不費功夫地好上了。

「你說氣人不？原本請傭人來家伺候我的，這下好了，懷孕了，要我來伺候她了，主傭關係倒著轉了。更沒法接受的是，我才四十幾，少女心態還可再演繹一番的，突然之間卻快要榮升奶奶的級別了，老了一輩，多嚇人！唉，我兒子是來討債的，我真想躲開他。」

一氣說完一樁煩心事，燕芯轉而談及自己北上投資的收益，眉眼處瞬間又綻開了花朵，帶笑問梅子：想不想投資房地產？我引路。

有關投資，梅子的心意不到，她攢下的錢，想用來移民。為此，她和毅然發生了分歧，毅然想北上拓展他的業務。他不想再次背井離鄉，對他來說，寄人籬下的滋味苦不堪言。他意在得志，光宗耀祖，衣錦還鄉。目前倆人初步達成協議，再堅持幾年，根據傑仔的讀書成績來定奪家庭的未來走向。

燕芯邊聽梅子傾訴，邊把室內的擺設用目光過濾了一遍。她的目光在牆壁上的一幅畫上逗留了一會兒，又移向旁邊的一幅「福」字畫上。燕芯不懂畫，但覺得其好看的程度不亞於她自家的牆壁上掛出的自己半身的油畫。

「這是我老公畫的。」

「哇，你老公好有才氣呀！」燕芯站起了身，走近去看。

「他母親以前是美術教師，也算是有天份吧！只是近幾年他無心習畫了，天天忙他的工作。」

梅子去了廚房。燕芯的目光在畫面上留連不去。

「記得你上次給了我一張你老公的名片，上面的霞輝製衣廠還是你老公現在的廠址嗎？」見梅子從廚房出來，燕芯問。燕芯見過毅然，兩家人在一起吃過兩次飯。城市人的交往太多習慣於走進茶樓餐廳，一餐飯的時間搞定一單生意，或做足一次閒敘，有禮有節，大都做到適度。

「是，我老公已北上開了廠，還想繼續擴展他的事業，這邊的製衣廠正在考慮如何處理。我很不喜歡這種聚少離多的生活，家像驛站，代價大。來，吃碗八寶飯。」梅子遞上碗筷，臘香味撲鼻。

燕芯聽了這番話，飯到嘴裡似乎快速已轉換成營養。

「什麼代價？男人離不開事業，他是在聚財。」燕芯的雙眼不時去看那幅畫，邊吃邊說。

這時，門鈴聲在響。

門一開，毅然高大的身影閃進了室內，灰色T恤的肩頭，有點點雨跡，見到室內的燕芯，很客氣地打了一聲招呼。

燕芯正舉起手中的湯勺往嘴裡送湯喝，手上串著彩石的紅線繩上的流蘇一搖一晃著。手練，她有很多，珠子的，純金的，水晶的，她都有，每天隨興輪著戴。

「一起吃吧！」梅子在招呼。

「你們先吃。我需要去發送幾個郵件。」說完，毅然的目光在燕芯的手腕上閃動了一下，匆匆走進了自己的房間。

吃著梅子做的八寶飯，燕芯點著頭，說：好吃。又說：曾經去泰國，吃了一種食物，說來你不相信，是蟋蟀。

「好吃嗎?怎麼吃呢?」

「好吃，炸的。」

「吃得下一隻嗎?」

「我吃了一包，吃一種稀奇吧。」

梅子聳了聳肩，一副不敢相信的樣子，說：小時候我吃過炸蠶蛹，炸的食物似乎都好吃。

「應該是餓了什麼都好吃，就會不顧一切地想著吃。吃相難看也是餓出來的。你沒有嘗過極度窮困的生活，那是一種不顧一切地掙扎。」

燕芯似乎在一語雙關說著什麼。

梅子打開了電視機，倆人邊吃邊看。電視中正在穿播午間新聞，警方在中區搗破了一個黑社會販毒團伙，名為阿旺的頭目束手就擒。

電視屏幕上的罪犯黑布套頭，但字幕上的名字清晰可見。

「阿旺？」

梅子和燕芯各懷心思，幾乎不約而同地輕聲叫了一聲，快意情仇交織在各自的心裡。

這幅畫掛在這裡這麼多年，梅子也沒有留意到它的內涵。

吃完飯，在梅子收拾碗又進廚房之際，燕芯站起身，漫不經心似的，再次走近牆上那幅畫著大海的畫前。

「這幅畫，真美。」等梅子回到客廳，燕芯說。也許是剛補充了能量，嗓音明顯提高了不少。也不知道燕芯是否真的看懂了這幅畫，只見她說時，眼角掃瞄了一下殺然虛掩著的房間，又說：我看到畫中有一根紅線繩。

「是嗎？在哪裡？」

在燕芯的指點下，梅子看見，在畫的右下角，一片海風輕輕掀起的浪花中，在光與海浪的交融處，有一根隱隱的淺紅色的線圈。

「看見了，真的有根紅線繩。」梅子為自己遲來的領悟有些愧意。人總是對自己擁有的東西不是太上心的。

殺然的房裡面很靜，甚至沒有了發郵件時需要敲打鍵盤的細碎的聲音。

窗外，隱隱約約有雷聲傳來，這是秋雨綿綿的季節。

「外面好像在下雨。」燕芯看了看窗外。

「是，現在是雨季，大雨眨眼就來到。」梅子往燕芯碗裡添著八寶飯。

「夠了夠了，要想美，得受罪，我需要節食。」燕芯說著，仍往嘴裡遞進一小塊沾著糯米的油潤的肥臘肉，好似想到了什麼，說：糟糕，我坐地鐵過來的。」

「不用擔心，讓我老公開車送你回去。」

「我住得離你這裡遠，送我到地鐵站就可以了。」燕芯客氣地說。

這餐八寶飯，燕芯吃得有滋有味。

毅然按梅子的吩咐，飯也顧不上吃，便開車去送燕芯。梅子說：既然開車送，就送到家門口吧！

毅然和燕芯一走，收拾好一切，梅子坐在電視機前看起了清劇。劇情是些什麼，她似是而非地看著，目光的重點在格格飾演者的頭飾頸配彩服上。明知道故事是編造的，但仍不可救藥地在日復一日讓晚飯後的時間，被無聊切成碎片。

毅然回來時，已經是四小時後。他邊換衣邊解釋說是下雨天路上來回都遇到堵車。這樣的經歷，梅子有過。有一次在一條單行線上，她被堵在車中兩小時，當天的新聞都即時報導過。

雨，依然下個不停，還不時敲擊著窗上的玻璃。

第十章

親情若雲

時間倉促得常讓人忘記自己最初的心願。

這段時間，梅子在幫毅然處理留在香港的業務。忙碌中，紅十字會傳來消息，幫梅子找到了身在北京的生母。

收到消息後，毅然比梅子還要顯得高興，他的內心沉澱著「子欲孝，親不在」的遺憾。而梅子就像是介入了別人的喜事中一樣，激動只是一瞬間的情緒反應，很快就平靜下來。那被母親遺棄的委屈像鍋中翻炒的豆子一樣，蹦跳了出來。母親帶給她的體溫一早就已經散去，她尋找的似乎不是這份親情的存在或延續，而是想看看自己內心千呼萬喚過的母親的現狀，是否和她想像中的一樣。

她決定要去見母親的那一刻起，內心紛紛不絕灑滿了五色雨，詫異，怨痛，想念，什麼情緒都有。一個自小沒媽的孩子在心靈上留下缺憾的地方，是用其他生活的瓊漿填注不了的。

毅然工作纏身，不能同去。傑仔剛入大學，可以隨行，梅子利用的是復活節的假期。

梅子是憑父親保留的母親在大陸的舊址去尋找母親的。母親是東北人。那時的父親不知哪來的幸運，許多城市人下放鄉下時，在親友的幫助下，脫去港臺令人懷疑的身份背景，一馬平川，暢通無阻地竟然當上了兵去了東北，加入的還是一個有榮譽稱謂的兵團。後來轉業去了北方一家重型機械廠工作。再後來響應國家號召，南下，支援南方建設，對父親來說，重要的是南方有大米吃。父親吃不慣北方的麵食，那時吃的都是些粗糧，像是麥子的殼沒有脫盡一樣，麵條粗硬，這還算是好食物了，還有高粱飯，還有老玉米粉做出的黑窩窩頭，都是些又硬又磨牙的食物。父親走時，把在東北土生土長的母親也一同帶去了大西南。

母親怎麼去了北京？裡面有許多令梅子遐想的空間，但有一種內心深處的感受被翻騰出來，那就是母親在她三歲時便棄她不顧，心也夠狠的！她現在也是為人之母，她明白母愛意味著割捨不下。

她此次去，想見母親的願望遠沒有想親自去當面向母親是問來得強烈。她的內心有一個不明顯的聲音在鼓噪：當年母親為什麼會狠心遺棄自己？

「你媽媽當年太年輕，十九歲就結了婚。」父親似乎到後來能原諒母親的背棄。他一邊顫動著手遞給梅子母親的舊址，一邊略有所思地說。梅子覺得父親想尋找母親的心情比她還要急切。人愈老愈懷念舊情。

父親心中鬱結了怎樣的情思？梅子不得而知。她憶起年幼時父親邊對著窗口吸煙邊憶述母親的情景。以後，無數個父親對著窗口吸煙的清晨與黃昏裡，父親的腦海是否都在憶及母親笑著向他走來或是冷漠甩下一個絕情的背影的情景，梅子無從猜測。

父親聽說梅子想去見生母，少有的關心備至，不時打電話來問：多久去？去多久？等梅子確定了日期，父親那裡又喑啞無聲，顯示出生母的一切似乎和他是遠距離，沒有什麼關係。人的一生，常被一些莫名其妙的情緒所痴纏，愛不能，恨不得，只能在心裡不時癢癢地發作，只因為自己當初的一個不小心惹的禍，只因為許多人在所難免地要惹禍，於是，往後的日子，生活跟蹤著向在感情方面惹禍的人索償。

梅子不知道是否是父輩欠下的孽緣，要她去償還。

就這樣，帶著矛盾又複雜的心情上路了。

經過數小時的飛行，心裡的歷程也在穿雲過海，直到飛機降落後，梅子才回過神來，拖著行李，和傑仔一前一後走出北京機場的出口處。

尋找母親的這些年裡，最初，一根根的線索都斷了。正在她慨嘆以為今生難再重溫母女情時，尋找到了母親的消息卻跑到了眼前，沒想到母親並沒有住回東北老家，而是住在了北京。

「姐，我是你弟，鵬遠。」語音剛落，一副高大的骨架把身型支撐得勻稱的中年男子從人群中走出，出現在梅子面前。淺藍T恤，西褲，看上去利落，粗線條。

來前，她和鵬遠已建立了聯絡，通過電話，彼此確定了見面時身上的特徵。她的手袋上繫了一條藍色的絲帶。

突然冒出這麼一個模樣英武的弟弟來，梅子本能地咧著嘴笑了起來。那笑容具有陽光的穿透力，就如當初奶奶見到她時露出的一樣，是一種自然而然的親情流露。

「快叫舅舅。」

「舅舅。」已長成青年的傑仔不拘謹，表現得很有禮。

「都小伙子了，快和我一樣高了。還會長個的，這麼大雙腳。」鵬遠由上到下打量著傑仔，看得出滿心是歡喜。

「要穿四十三碼的鞋了。」梅子笑著說。傑仔因為不怎麼會說普通話，幾乎不插話，只站在一邊用三、四成的聆聽能力來感受兩個大人之間的交談。

一條尋親的心裡之路，梅子走了四十多年，一旦走通了，憂喜參半，因為她不知道快樂的後面，接下來會出現什麼。

就這樣，坐在了彷彿從時光隧道中開出來的弟弟的車上。車載著他們向市區駛去。

想著快要見到自己的生身母親，有一種百感交集、恍如隔世的感覺。

梅子依窗往外望，欣賞著沿途風景，感受著時空交錯出的人世間的浮光掠影。寬闊的道路，帶給她像是拓開了她所居住的城市兩條馬路寬的印象。車窗外，還可以看到那種上下縱橫交錯行駛著車輛的立交橋。

她看了看身邊的傑仔，正微閉著眼睛，插著耳機，搖頭晃腦聽著他喜歡的音樂，身邊的一切有一種與他隔層一般的不怎麼相關。

車行了很久，沒有看到她看書得來的古都古樸古色古香的風貌，那可觀可賞的青磚搭建出的建築，以及皇牆根兒下的故事，不知藏進史書哪個章節裡去了，需要她去歷史典故中翻找。這座城市無異於其他建設中的城市，櫛鱗次比的樓宇一座座簇新地拔地而起。美麗，莊嚴，時代賦予了這座古老的城市新的蘊義。

父親沒有向她描述更多的母親的畫面。她只有憑借想像。那個在她三歲就棄她而走的母親，當時只有二十三歲，一定是有一個很優秀的男人把她的心引誘出了家門外。母親那時愛跳舞，又有蘇聯專家陪跳，蹬著高跟鞋在舞場中旋轉。熱血沸騰的青春期如果多了一點熱情，往往會不顧後果的。

鵬遠在說自己的事。他年輕時曾在舞蹈比賽中獲得過獎項，現在週末會去一個大型的俱樂部教人跳舞。梅子聽後在想，母親的遺傳基因在他身上起了很明顯的作用。

「姐，這次來北京多住幾天吧！」鵬遠的聲音傳來。那一口京腔，配上他的男中音，像是從一個優美的模具中訂造出來的，渾厚得有形狀。

「媽媽好嗎？」梅子問。

「很好。咱媽經常唸叨著姐呢。我是最近才知道自己還有一個姐，就像突然間撿到一塊寶一樣。」鵬遠的笑容在車鏡中閃現。

「孩子大了吧？」梅子又問。

「是的，女兒讀中學了。」

梅子有一句沒一句地問，問得有些沒有頭緒。

「你是屬豬的吧？」記得鵬遠在電話中說比自己小四歲。

「是的，姐都知道。」

父親告訴過她，母親是在三月離開她的。三歲，三月，太深的歲月印痕了，她想模糊都不行。

她推算了一下，如果眼前這個弟弟是在十二月出生的，就和她有同母也是同父的血緣關係。她饒有興致地拐彎抹角地又問下去，想進一步證實。

「你說在教人跳舞，很活躍的，是射手座吧？」

「不是，是雙子座。姐是什麼星座？」

「一字之差，雙魚座。」說時，梅子的熱情似乎收藏了不少。她知道眼前這個弟弟和她只有一半的血緣關係，她為父親抱屈。

她的內心出現隱隱約約的疼痛，甚至有些不講道理地認定是眼前這個弟弟奪走了她的母愛，使她在成長的過程中，母愛出現真空，使她落下了因缺失母愛而鬱鬱寡歡的心理殘障。

她的手伸進了手袋，碰了碰準備送給母親的紅包。

歲月中的人和事，是經不起連殼帶皮地剝的，如果能夠適當地一層一層包成捲心菜那樣，心照不宣，是對隱情中的人最好的成全。

幸福的童年可以照亮一生，不幸的童年留下的心理陰影，需要用一生的陽光去驅散。

隨車到達了母親居住的地方。這是一座市區邊上的普通住宅，沒有電梯，過道轉彎處就是樓梯。幾乎每家住戶的家門口前都整齊堆放著一些雜物。傑仔似乎有些好奇，走樓道時不時東張西望。

走到三樓，鵬遠上前去敲開了門。

梅子無數遍幻想過母女相見的情景，可是就在房門打開的那一瞬間，面對一個自稱為自己母親的老婦人時，她發現喊一聲媽媽卻異常地艱難，還沒有到繼母那裡喊得順口。面前的比她矮半個頭的老太，神態老邁，歲月漂白了她的頭髮，看得出來她活得沒有太大興致的，因為頭髮不染，著妝素簡，膚色略黑，以現在的面容即使順著歲月之河往前追溯四十年，怎麼也不能和父親為她描述的「黑玫瑰」劃上等號。

梅子無數次想好了她和母親見面時的開場白，以為生母站在面前時，她們會情緒激動地相擁著哭喚著女兒呀媽媽呀淚流一通的，可是，沒有，梅子像個局外人一樣，看著老太太的眼眶裡充盈著淚水，連想幫老太太擦淚的衝動都沒有。

面對了，連最初的盼望都遁形了。梅子想到自己那麼多年在繼母的惡言惡語中長大，想到母親可以狠下心在自己三歲時就不管不顧地棄她而去，一股怨氣依然會蜂擁上心，無處消散。

「梅兒。」

母親的這聲不同於別人一樣的呼喚，讓梅子知道，自己還留在母親心裡。只是歲月深處的痛時不時隱隱乍現，難以根治。母親掉頭而去，對著父親摔響的門似乎還在歲月中搖晃。

不知是否有意，母親靠窗的桌面上擺放著三個相架，其中一張黑白相片梅子也有，那是在她三週歲生日時，母親抱著她的合影留念，之後，母親消失在她們曾經共有的家中。

她環顧了一下這間簡陋的居室，牆壁上的石灰在一點點地剝落。梅子知道母親的處境不是太好，鵬遠在電話中告訴過她，母親的老伴五年前就過世了。

她等待生母能夠在這時對她說一聲：對不起。或是問候一下父親。可是，她像是面對著一個陌生的老太太，對陳年舊事只字不提，只是翻來復去說著她現今的生活，什麼去年做了一次小手術，不久前才鑲了一顆牙，老人似乎在說著和自己不相關的事情。儘管梅子做了充足的心理準備，但幾回啟唇齒不張，自始至終都叫不出第二聲媽媽來。

看著眼前的老太太孤影相吊，梅子在鵬遠去廚房準備食物時，忍不住地說：如今，老爸在享老年福，每天炒炒股票，吃吃茶點，還會隨團外出旅遊，生活得無憂無慮，有繼母陪伴在身邊。

「這樣的福氣原本是您來享受的。」

生母似乎沒在意梅子的話，或許她遵從著自己的生活定律，一切無所謂悲也無所謂喜了。她認真聽梅子說話，沒有太多的面部表情。她內心的苦楚也只有她知道。

晚餐吃的是素菜餃，梅子忽然想起父親說過母親是回族。因為佐料配製得好，再有現在流行素食，這一餐對梅子來說，吃得味香無比。傑仔喜歡得更直接，把吃這種自家手工做的個個有型有款的餃子說成是吃金元寶。

飯後，母親把一對玉馬放在梅子手上，沒有說「給」，也沒有說「送」，只說：拿著吧！

馬，是梅子的生肖。

梅子取出一個紅包，作為回禮遞到了母親手上。

母親想安排她和傑仔明天去餐廳聚餐，說是去吃地道的北京菜。但梅子心裡想的是能見上一面就好，如今解開了長久纏住自己不放的心事，事已至此，她不想在舊事中跌跌撞撞，後面的故事她不想延續了。或許外人會覺得自己這樣做有些絕情，其實她和生身母親的緣份在母親棄她不顧時就已經盡了。現在她知道了母親的處境，旁邊還有鵬遠照顧，知道這些就夠了。她匆忙謝辭了，說是還有其他行程上的安排。

鵬遠原本是想找時間把梅子母子倆接去自己家中看看的，見梅子口吻堅決地不願多做逗留，也就吞下了要說的話了。

晚上，鵬遠把梅子和傑仔送回他們下榻的酒店。一路上，鵬遠的話似乎也不多了，歲月深處的秘密知道得越少或許越好。

下車時，鵬遠把一個紙袋交到傑仔手中。就在關上車門之前的那一瞬，鵬遠對著梅子的背影說了句：姐，任何時候上北京，我都來接。

梅子聽到了，沒有轉身。此刻，淚水在她眼眶中打轉。

回到酒店，她從傑仔的手中接過紙袋，看到一雙名貴的運動鞋，四十三碼。梅子撫了撫鞋，對傑仔說：你舅舅對你很好，要記得這份情。

梅子在五天的行程中，四天用在了和傑仔登長城、看故宮上。只是無論怎麼玩怎麼看，她都沒有什麼心情了。

許多的恩怨看似可以在歲月的流逝中一筆勾銷，說起來容易，做起來實屬很難。

回到香港後，梅子約父親一起去茶樓飲茶。奶奶走後，梅子很長時間都不想同父親他們見面，她害怕在奶奶家中卻見不到奶奶，內心的酸楚會隨著回憶攪動出來。

她和父親的關係因為奶奶的離世曾一度鬧僵，後來毅然反覆提醒她親情的重要性，她才沒有繼續下去。看到現在什麼都要繼母悉心照顧的父親，她經過了一段時間讓自己靜下來，自己和自己和談，決定扔掉歲月中壓在心上的包袱，放過別人的過失，是在善待自己，況且還是自己的父親。奶奶一生都注重親情，她如果在，一定不希望看到自己和父親相處得不愉快。

梅子選擇了週五，特地避開週六人多。一進茶樓，就看到父親。以前是她等父親，這次父親來得比她還早。剛入座，父親便上前貼耳問詢她，問的話都像是早有準備似的：見到你母親了嗎？

「見到了。」梅子點頭，用熱水沖洗著正待用的餐具。

「她怎麼樣?送錢給她了嗎?」父親似乎很關心，還過問得很實際。

「給了。」

「多少?」

梅子用手指比劃出一個八的意思。

「八仟?」父親細聲嘟囔著，說:這麼少!

梅子看得出父親的心中還有生母，正想做點解釋，只見父親身邊的繼母也把身體向她這邊傾斜了過來，於是忍了忍，什麼也不說了，只管喝茶。當她知道鵬遠不是自己的同父弟弟時，誰也不會知道她在為生母準備好了的紅包裡取出了二仟元。

三個人各懷心事，但都離不開她的生母。

喝完茶，回到家，她把生母送的一對生肖玉馬取出來，認真在考慮是否要擺放在玻璃櫃一個對稱的位置上。

毅然回來看見後，舉起其中一隻有他拳頭般大小的玉馬，認真地看了一遍，用行家的口吻說：好玉。

「值一萬嗎？」

「豈止！」

梅子怔了怔，突然想起，父親的生肖也是屬馬。

毅然回家取了一些東西，又要出門，說是要趕去河對岸，有工作會議，還有業務上的問題要親自去處理，這個週末就不回來了。走後，待梅子回過神來，總感到有什麼異樣，放大眼睛在室內來回巡睃了一遍，她發現牆壁上的畫兒換了，碧海帆影不見了，那郊野四月的天氣在牆壁上染出了一畦草青花黃的疑惑。

第十一章 歸去來兮

靈總想和愛牽手，肉卻難免與慾痴纏。只因是紅塵，大多數的紅綠男女口味偏俗，慾很少向愛讓步。

浴池的水在唏哩嘩啦地流著。梅子的幸福感像是有質地的水彩紙，被撕出一陣陣細碎的響聲，趁毅然洗澡時，躡手躡腳地去翻看他的手機。女人的情緒一旦掉入疑心的旋渦裡，不可救藥地已難以判斷是自己還是自己的老公舉止異常。

電話中那個女人的名字，如若陌生，她還可以自己給自己打一陣啞謎，可是那名字闖入眼簾的那一瞬間，她內心騰升出一種想當面厲色對質的衝動。

室內所有的什物都成了毫無美感的一種虛設，在她眼前搖晃起來。這樣的局面令她感到快要窒息。燕芯是什麼人，知心知肺的閨蜜？好像是又好像不是。

女人永遠是女人的敵人，梅子自始至終都不願意相信這一點。

這段時間毅然總是說要去內地開會，而不在週末回家。這似乎是一個俗套，男人不回家，女人起疑心，然後執迷不悟於糾纏不清的事實論證。在感情方面，她的感應能力還不至於遲鈍，無論是日常的眼神接觸以及夜晚的肌膚相親，毅然對於她漸漸披上了一層陌生的外衣。

因為去開會的次數過於頻密，梅子曾一度疑心，只是，她不想捕風捉影，不想犯其他女人的低級錯誤，過早地攤牌。但啞忍是一件很辛苦的事，她想含蓄地點到為止。

「這段時間，你怎麼總是在週末要開會？」

「我也不想，都是為了工作。」

「你能不能在週末陪陪我？」

「傑仔在家，有什麼事給我電話。」

她無語噎住。誰都說善於溝通的人情商高，她發現自己的情商在毅然這裡低得一塌糊塗。她現在才知道，正在吃草的牛，不是費了力氣就能拉回頭的。

據說在茫茫恒河沙數的宇宙中，每一次銘心刻骨的選擇，總會有一個人在生命中的每一個節點上都幸福著自己的幸福，因為次次都會選對路。這是讓人傷感的事情呀，因為梅子清楚地知道，能夠自始至終獲得幸福的那個人不是自己。

愛是供人觀賞的奇觀，許多時候可望不可及，說說可以，而要做做，慾是伸手可觸的香囊。

當她翻查出一個幾乎每天雄霸通話紀錄首位的號碼時，熟悉的程度無異於面對一張閉上眼睛也可以畫出的臉，她就差點沒有在第一時間跌坐在地。她的腦海中盤旋出一個問號：毅然是多久和燕芯黏在一起的？在她眼裡，燕芯竟敢搶她的老公，這放肆的程度無異於流氓國家長驅直入別國的領地而悍然發動一場戰爭。

在衝動時，往往不給後果留餘地。她自己覺得還是保持了冷靜，沒有直接找毅然是問。

感情是什麼？是一杯濃香的牛奶。有人喜歡把一杯牛奶兌成幾份，味道肯定淡而無味，喝過牛奶的人品得出。不過，對於長期把水當飲料的人來說，只要手上端著的是牛奶，管他什麼質量的牛奶，哪怕沒有喝，也會以炫耀的姿態叫上幾聲可口的。

無論自己的內心在如何掙扎，生活仍然不疾不徐地在繼續。如今，在梅子眼中，家的門檻很高，踏進和踏出一樣的難。她感到自己一生的情感積蓄被人連本帶利地劫持了。

她撥通了燕芯的電話，電話兩頭都無聲，像是雙方都在等待對方開口，再作回應。能說什麼呢？情緒激動罵幾句嗎？到頭來還是傷自己。

她想不動聲色，學會隱忍，但沒有做到。終於在兩個星期後，醋意和惱怒調動起了她全身活躍的細胞，她打出了第一個對證的電話，不是打給毅然的，而是那個有著胖胖的身軀，一身的肉總像是塞在西裝裡抖動的趙家樂。

「請管好你的女人！」

接電話的是燕芯的老公，梅子叫他趙生。在工作上，作為法律顧問的他和毅然有聯繫。收到劈頭蓋腦這樣一通電話，他自然被弄得一頭霧水。

當初他把燕芯幾乎是從貧民窟帶出來，拿出錢送她去進修，還放手把自己名下的幾處物業交給她去打理，落足本錢去調教、栽培及提升她，並作為自己的秘書陪伴左右。窮則思變中的女人的可塑性是很大的。後來他看到燕芯日後如日東升般躍然商界，多少會催生出一種自豪感。他身體虛胖，患有多種疾病，惟一圖女人比自己年輕些，日後有個照應，有幾分姿色當然更好。一直覺得自己有恩於這個女人，當初抵觸世俗眼光，娶她，還把她帶過來的小兒子視同己出，其中最大的驅動力，是這個女人在他面前總是展現出的風情萬種，一舉一動都竭盡女人貼心的撫慰和技巧，感恩這句話已揉進了她對他的眼神和溫存之中。

他對她不時也有過訓示的：如果不是我，你現在……

只是，每次他這樣的話還未說完，她便會嬌柔地貼近他，用隨時來襲的體溫演繹她的心意。他怎麼會相信這樣的女人會背叛他？

「怎麼可能！你應該管好你的老公才對。」

面對趙生的「怎麼可能」，梅子又何嘗不是一而再地驚異於這種「可能」。身邊的閨蜜搶走了自己的老公，這種陳谷子爛芝麻的趣聞，竟然像是在人群中巡演一樣，也會翻新地發生在自己身上！轉念又一想，當今道德底線可以隨時崩盤的社會，還有什麼不可能？

一個月後，梅子手裡握著由私人偵探拍攝的照片，讓哽咽聲輾過兩三個失眠之夜後，去了由趙生選定的一間茶樓和他見面。

梅子走進茶樓，環顧四週，有一種依稀熟悉的感覺。門口正中央有一扇鏤空畫屏，兩側巨大的青花瓷花瓶中插著的挺拔的翠綠的富貴竹，所透露出的中式的格調，使梅子條然間想起，她曾經在這家茶樓打過工。那麼多年，恍如一瞬星霜換。左邊的窗口，依舊能映現對面建築的外牆上某教會掛出的巨型十字架。只是，餐桌前那實木靠背餐椅，換成了金色軟包花的歐式，給人一種中西兼顧的新印象。在這裡，她認識了毅然。生活中的人和事到最後，似乎重返起點，但衍生出不同的走向。

如今，眼前的一切，物是人非，自己的身影像是在倉惶中主演著被人操縱手腳的皮影戲，跟著燕芯製造的紛亂在走。

生活在按股票估值公式進行，掏空一些人，填滿另一些人，其他大多數人充其量只不過是在做中轉。

眼見梅子像甩牌一樣甩到眼前餐枱上的一張照片，趙生不敢相信似地看看照片，又看看梅子，如此反覆數次，直到眼前的事實蓋過了疑慮，然後才傻了眼般地直勾勾地看著照片發愣。

只見眼前這個男人只不過看到一張自已的太太和其他男人手挽手親密的照片，便深度痛苦的樣子，梅子把其他幾張故事中的男女在羅湖橋頭會聚時相擁相吻的照片，一並收入了手袋，沒有繼續拿給他看。

梅子呷了一口壽眉，品不出什麼味道，五臟六腑都被內心的苦澀霸佔了。看到趙生半天耷拉著腦袋，不由地在心裡喊出了一聲：可憐的男人！她不知道怎樣去安撫他，她只是來向他擺明事實，卻一如燕芯主動攤牌一樣，將他的神思搗得粉碎，同時把他作為男人的自信心連踢帶踹，重創得他言語結了冰般卡在了咽喉。或許他比誰都知道，感情的意向，貴在心甘情願，感情這條線，除了可以拴住自己，永遠無法套牢對方。

沉迷於慾，不難找到情感上的歸依；若是沉迷於愛，不懂得放手和抽身，不弄出個尋死覓活，也能搗鼓出一個精神塌方來。

忘記一個愛著的男人比較容易，女人只需義無反顧投入另一個男人的懷抱就行；如若要忘記一個深愛著的女人卻比較耗時和費力，需要季節連續翻飛數次，帶走女人身上的皮光膚滑，讓女人被歲月榨乾身上的珠圓玉潤後，才可以讓一個愛過她的男人死心。

顯然，不用說什麼，用照片就可擺明事實。梅子看著趙生慢悠悠地起身，又看著他肥碩的腦袋連同肥碩的身軀搖搖晃晃地消失在餐廳門口，無論如何和十年前見到的帶著雪茄煙味，將蘭姨的包裹隨手扔入垃圾桶後一個轉身大搖大擺的背影判若兩人。看到踉蹌著腳步中的他的背影，梅子不知該同情他還是同情自己。

以後，她不知道他碩大的身軀是否承受得起婚姻中的背叛，只是一想到他脫水般輕輕一碰就會破裂的面容，再也不敢去撥打他的電話驚擾他。

在靜靜的歲月之河中，有多少人的心情藏在不動聲色的背後！

現實中的煙火男女，有幾人沒有活成夢想人生的反問句。

梅子發現，生活不能往細處去想。現實是：貌美女人常在資質平庸的女人那裡敗下陣來。

上帝造人是有用意的，貌美女人在情場上一早被眾星捧月，養成了挑三揀四、天生不設防犯意識的習慣，容易走心，得到最好的男人會不以為意，不懂得把好男人當珍品。而資質平庸的女人自知其貌不揚，需要苦心攢足一生的力氣，去捕獵她們心目中喜歡的男人，溫柔是她們的剎手鐧。她們懂得千方百計含笑隱忍。萬般無奈時也會犯賤，去討好男人。審美疲勞後，女人的溫柔和善解人意最得男人歡心，想想也是，再貌美如花的女人都砥礪不了歲月的摧殘，而溫柔卻像是男人的背心，緊貼前胸和後背，讓人舒服和實際。

在殺然那裡，梅子和燕芯就像是兩種飲料，一種清淡如水，一種濃烈如酒。女人對他來說，晚上關上燈都是一樣的。他現在需要的不是觸覺，而是感覺了。女人的身世背景，不是他要考量的重點，雙方並駕齊驅，而不是阻手礙腳，可以幫助他的事業如虎添翼。

連續好幾個早上，他站在新建的矗立成高樓的廠房前，看著一群打工仔打工妹相互簇擁著走入廠房大門，不由感慨萬千。遙想當初，父親因為「資本家」的身份而因財負罪，被視為異己，而鬱鬱終老。如今在這個社會中，他攢足全身心力，抱薪創業，躋身商界，為的就是能夠光宗耀祖，告慰九泉下的父母。

世界上最大的無奈，就是知道自己應該做什麼，百般努力卻做不到，而燕芯讓他在事業上通過努力能夠接近自己心中的目標。

在他傾心於事業發展時，家庭在心中的位置沒有那麼明顯了。燕芯的出現，帶來情慾兩股旋風，風捲殘雲般，把他的身心都席捲了去。尤其是在他事業一籌莫展時，燕芯恰到好處地出現，注資幫他拓展業務，並為他建立客戶群。燕芯成為他事業成功的一根標桿，帶給他事業不斷向上跳躍的快意和滿足。他很想和燕芯保持商業合作的伙伴關係，這樣的想法，面對注入了心機的蒸芯而言，只不過是一廂情願而已。

酒醒之後，大部分故事中的人再也回歸不到漆黑籠罩前的平靜。日子看似平平淡淡地在繼續，但誰要身在其中，內心卻大多是接二連三地翻江倒海。

梅子不得不用不愉快來割傷自己，也割傷他人。

「這是什麼？」

梅子取出一張毅然和燕芯相擁的照片。她考慮過，如果繼續啞忍下去，一根刺激的針會扎穿她的呼吸系統，把事情擺上枱面上，是想對症下藥，或許可以解決問題。

許多事情是經不起捅的，天被捅破了，會不斷下雨；隱情被捅破了，人會翻臉不認人。梅子發現，毅然離她更遠了，甚至突然之間關閉了香港的製衣廠，不知去向了。

只要疼痛還在，生活中艱澀的句子依然擺在那裡，令人無法猝讀。

夜晚，梅子撳亮室內的燈後，再也無心緒等著誰回家了。只是，用了一大段空白的時間，也無法讓心靈過渡至平靜的港灣。好在傑仔在，她並不是沒有希望。

「傑仔，想不想移民？」

「移民？好呀，可以考慮。」

「和媽咪一起去澳洲。」

「NO，我想北上，去大亞灣，是一個新開發區，那才是我施展抱負的地方。」傑仔說得興致勃勃：我有一個同學的哥哥，在那裡事業起飛，賺了大錢。再說，哆吔的產業在附近，我留在這兒，也可以盡盡心。

這麼多年來，梅子埋身在傑仔的一口湯、毅然的一啖飯的煙火裡，最缺少的就是相互之間的良性互動。

她感到生活就是這樣脫了節般，不知道在哪裡沒有連貫起來，連傑仔都不靠近她了。

人情冷暖，在身邊就會發生，向來祖輩們對後輩的翼望並非不會落空。「凡事順其自然。」她想起奶奶的話，似乎也想開了，「仔大仔世界」，子女就當會飛的鳥，需要適時放手。

不管怎麼活，活到最後，大多數人都擺脫不了生活中懸出的遺憾。自己把四季平鋪也好摺疊也行，用自己喜歡的方式過好。

人生是一幅長卷，人們往往只懂得一個勁地去鋪展，而忘記收尾的工作。

這段時間，梅子就是這樣胡思亂想著。內心的淒楚無法排解時，她想到外出旅遊散散心。她不想去高樓鱗次櫛比的城市，而是想去有異域特色的古鎮走走。她想去法國，又覺得遠了些，一個人走進法國的市鎮，可能很容易惹出一身的寂寥。考慮了一個來回，又想去日本，領略一下被那裡擕去的幾縷唐宋遺風。

「到澳洲來旅遊吧！」東進來了電郵。

從梅子的閉口不再談毅然，他或許猜測到了她面臨的情感中的困境。在他心目中，梅子和毅然都是他的朋友，誰來，他都歡迎。「歡迎你們一家來澳洲玩。」東進不止一次在郵件中這樣寫。

自從那次海邊一遇後，東進還回過這座城市一次，主要是他在澳洲買了一塊墓地，來把母親的骨灰帶去澳洲安置。

「如果不是迫不得已，誰願意背井離鄉，」她記起東進面朝大海，眺望遠方，說過的一席話：在時代的大潮面前，我們都是小人物，都是環境的產物，心向決定路向。

在茫茫人海中，東進是她信得過的人。她通過郵件，告訴了東進自己目前的情況。

「過來吧，小女孩。」

這一句「小女孩」，把歷歷歲月從深處打開，讓梅子噙著淚花，感受著被時光浮出橘色的帶著溫馨的情誼。

成人的世界不用說太多，一句話就知道彼此的價值取向和情感歸依。

於是，她在郵件中和東進「大男孩」、「小女孩」地互喚起來，彼此的生命都像是注入了活力。

那麼多年，梅子覺得自己一直在生活的風水羅盤上旋轉，不知道羅盤上的天池磁針會指向什麼方向，她只知道認定了方向就去走。

到了一定年齡，需要為自己定奪什麼是可為什麼是不可為的時候了，不能總是讓自己的智商在男歡女愛中癱瘓成零，還以爲自己適應了新時期。

「Happy or sad? 活到最後，這兩樣東西，不取決於我們的處境，而是心境。」東進在電郵中還寫道。

「人的一生都擺脫不了生活中的各種過渡。萬物都難免有裂痕，為的是好讓雨水和光住進來。」

我們終其一生都在渡，渡口，在你我通往新生活的那個方向。

手機的電話聲在響，晌午，無電話顯示。梅子的心噗噗直跳起來，直覺告訴她，是毅然的電話。她拿起手機。

在她鋪陳的家中一切擺設不變的等待中，到底等來了毅然的聲音。他打來了電話，這是在一年後，她在一份失敗的感情試卷的問答題中做了去的選擇後。

她聽著他廖廖數語解釋自己目前的生活狀況，她認真在聽，還是沒聽出他是想表明自己究竟是失去，抑或是得到。

「我想……回來……」

她聽到了這樣一句話。儘管她的內心在喊：回來吧！現在她知道了，男人想回家是因為累了，化解他疲勞、解救情感困頓的最簡單的一種方式，便是含笑不語，包容百味，及時遞上一杯他愛喝的咖啡或是茶。

可是，有時候人的嘴是不受心的支配的，她竟然不冷不熱地說了一句：她那麼好，就留在她身邊吧！

終究，對男人的不可原諒更多來自於女人之間的嫉恨。

電話那頭，對方靜默了一會兒，之後，出現了忙音。

疼痛的感覺像水漫金山寺一樣淹及咽喉處，在所有的告別裡，梅子選擇了不說再見！她已意識到了，婚姻求的並不是倆人在一起同衾同餐，還需要同心。心和心還需要有一個交接點，對生活的認知水平在同一條線上。

她清楚地知道，她和毅然已不在同一根思索的鏈條上了，即使他回來，也難以保證他不再離開。她不給毅然回頭路走，因為她知道他這種回來是良心不安所驅動的，只是短暫性，倆人的內心需求的東西不一樣了，毅然畢竟想的是榮歸故里去光宗耀祖，而梅子需要一種能讓身心得以放鬆的自由的環境。

心向不同，人生的走向必然不同。有些錯不要去糾正，因為糾正的過程中會錯得更加離譜，最好的方法需要以錯來止痛來結束。

她學奶奶當初等待父親的做法，家中的擺設照舊。毅然最後一晚枕頭略為斜放的擺設，像它們的主人在時那樣，定格在一種塵埃落定了的靜候裡，只是對她來說已缺少了期盼的內容。

她收拾好了行李，就在她準備關窗的時候，對面大廈一扇窗戶外懸掛著一面黃色的布條幅，在風中翻飛勁舞著。那條幅已風雨不改地懸掛了一年。她無意中看了一眼，看到了布條翻捲出的「普選」的字樣。這字幅似乎在向她提醒這座城市正在發生的變化，在一些人眼中視為政治的東西，在另一些人眼中卻當作生活的內容。她看了看，各種無奈交滙在一起，化成輕輕的一嘆。她關上了窗户，並隨後鎖上了門。

她拖著行李走在去機場的路上。她想起東進在電郵中安慰她的話。

「這座城市像個聚光體，吸引著我們當年拼死拼活來這裡滙聚，之後又幻變成放射源，讓我們從這裡走散，走向能夠安放我們心的地方。」

梅子和東進在通電話。

東進說：「生活最終在把我們分成兩個部分：我們的故事，和故事中的我們。我們可以講我們的故事，而故意中的我們，則需要別人來講。」

國家圖書館出版品預行編目資料

渡 / 露西著. -- 初版. -- 臺北市 : 博客思出版事業網, 2021.12

面； 公分

ISBN 978-986-0762-09-9(平裝)

857.7 110016464

現代文學71

渡

作　　者：露西
主　　編：盧瑞容
編　　輯：陳勁宏、楊容容
美　　編：陳勁宏
封面設計：塗宇樵
出　　版：博客思出版事業網
地　　址：台北市中正區重慶南路1段121號8樓之14
電　　話：(02)2331-1675或(02)2331-1691
傳　　真：(02)2382-6225
E—MAIL：books5w@gmail.com或books5w@yahoo.com.tw
網路書店：http://bookstv.com.tw/
https://www.pcstore.com.tw/yesbooks/
https://shopee.tw/books5w
博客來網路書店、博客思網路書店
三民書局、金石堂書店
經　　銷：聯合發行股份有限公司
電　　話：(02) 2917-8022　傳真：(02) 2915-7212
劃撥戶名：蘭臺出版社　　帳號：18995335
香港代理：香港聯合零售有限公司
電　　話：(852) 2150-2100 傳真：(852) 2356-0735
出版日期：2021年12月 初版
定　　價：新臺幣280元整（平裝）
ISBN：978-986-0762-09-9